神奇柑仔店11
失控的最強驅蟲香水

文 廣嶋玲子　圖 jyajya　譯 王蘊潔

目錄

序章 4

1 恐龍汽水和遺跡米果
7

2 驅蟲香水
46

3 吸一點口香糖和全都要奶油餅乾
85

4 怪事
114

5 急驚風麻糬和慢郎中蘋果
122

6 如魚得水汽水和一馬當先糖
157

7 絕交魷魚乾
188

番外篇 一刀兩斷的惡緣
212

墨丸圖文日記
220

序章

一名五官很漂亮的少女在黑暗中行走。她穿著彼岸花圖案的黑色和服，身上卻沾黏著很多薄冰，剪成妹妹頭的頭髮還不停的滴著水。她走路的樣子有點僵硬，簡直就像是前一刻還是冰凍人。

少女在路上留下一個個溼溼的腳印，她的雙眼冒著熊熊怒火，全身也發出幽暗的火光，可怕的模樣宛如黑暗的化身。

走了好一陣子，少女終於停下了腳步。她的眼前是一大片竹

林，高大的黑竹看起來就像是聳立的長槍，夜晚的風將竹葉吹得沙沙作響。

少女打了一個響指，一根特別粗大的竹子根部便隆了起來，泥土中出現一個很大的黑色箱子，箱子外頭用寫著「倒霉堂」的封條封了起來。少女拆開封條，打開箱子的蓋子。箱子裡裝滿了倒霉堂的商品，全都是看起來令人害怕，卻又讓人心癢癢的零食。

少女咧嘴一笑。

「看起來跟當初封存的狀態一樣，很好，太好了。」

她用像是老太婆的沙啞聲音說完，轉頭看著剛才走過來的路，

咬牙切齒的說：

「可惡的紅子。一旦她發現我逃走了，一定會驚慌失措，但是⋯⋯別以為我會善罷干休。這次我一定要讓你大吃一驚，讓你知道不把『倒霉堂』的澱澱放在眼裡，會有什麼後果！」

少女一邊發出可怕的笑聲，一邊從箱子裡挑選零食。

1 恐龍汽水和遺跡米果

六歲的遼平很喜歡帥氣的東西，所以他有很多夢想。

他想成為探險家、海盜，還有忍者和武士，但是他現在最嚮往的職業是化石獵人。

電視上有播放過化石獵人專門尋找埋藏在地底的恐龍骨骸，然後還會把那些化石挖出來。他們找到的恐龍都超級帥氣，有著特別巨大的尖牙和很長的利爪，這些事深深吸引了遼平。從石頭中發現

遠古時代的貝殼和海藻也讓人興奮不已，如果可以找到那種化石，簡直就像是美夢成真。

「我決定了，我要當這個，我要當化石獵人！」

在那天之後，遠平就經常拿著小鏟子在庭院裡挖土。他挖遍了庭院的每個角落，卻只挖到玻璃碎片、石頭和蚯蚓。

他想到化石也可能藏在石頭裡，於是就用鐵鎚敲碎石頭查看，可惜也沒有發現貝殼和海藻。

但是遠平並沒有輕言放棄。

「在庭院裡果然找不到化石，要去山上找才行。」

8

幸好他家附近就有一座小山，只要去山上，或許就能找到了。

星期六，遼平一大早就起床了。他瞞著父母偷偷溜出家門，背包裡放著鏟子、鐵鎚和代替便當的巧克力棒，還準備了塑膠袋，這樣才能把找到的化石放進去保管。為了在路上買果汁喝，他也帶了零用錢。

「一切準備就緒，出發囉。」

遼平興致勃勃的走向那座小山……沒想到卻走錯了路，不知不覺的走進一條陌生的小巷。

「真奇怪，我明明是要去山上，怎麼會來到都是房子的地方？現

在沒有閒工夫在這裡耗時間了。」

遠平在小巷內加快腳步尋找出口，結果卻發現了一家小店。

那家店很小，是一家柑仔店，但是整家店卻散發出一股不可思議的感覺。遠平忘了要去尋找化石的事，情不自禁的跑了過去。店裡陳列的每一樣玩具和零食，都是他從來沒見過的東西。

「好棒喔，這個太讚了，那個也很妙。啊，我要買，我絕對要買。但是要買哪一種呢？口袋裡只有兩百元，一定要選個最棒的。」

遠平這麼想著，一邊走進了柑仔店，發現店裡有一位身材高大的阿姨。

阿姨的頭髮像老太太一樣白，但是皮膚卻很光滑。她的體型像

相撲選手一樣，身上穿著一件紫紅色的和服。

阿姨向遼平打招呼的同時，頭上五顏六色的玻璃珠髮簪閃耀著

光芒。

「歡迎光臨……唉呀，這位小客人……」

阿姨露出驚訝的表情，讓遼平嚇了一跳。

「怎、怎麼了？」

「沒什麼……我只是有點驚訝，這代表你果然有品嚐本店商品的

運氣。」

阿姨用奇怪的詞彙說完很奇怪的話之後，對遼平笑了笑說：

「歡迎你來到『錢天堂』，你是不是很喜歡探險？你覺得這款

『探險茶』怎麼樣？」

阿姨邊說邊打開冰箱的玻璃門，拿出一瓶保特瓶裝的飲料遞給遼平。那個保特瓶上畫了叢林和裝著金幣的寶箱，一看就覺得很有趣。

不過遼平對「探險茶」不屑一顧，他在阿姨剛剛打開冰箱的時候，看到冰箱深處有更加吸引人的東西。

「就是那個！我想要那個！」

他大聲的叫了出來：

「我不要『探險茶』，我要那個，就是那個綠色的東西！」

「喔，你要這個是嗎？」

阿姨再次打開冰箱，拿出遼平指著的那個瓶子。

那是一個很奇特的瓶子，瓶身上有藍色和綠色的鱗片，瓶蓋則是暴龍張著大嘴發出吼叫的頭。

「我沒看過這麼酷炫的瓶子。」遼平目不轉睛的看著瓶子。

阿姨對遼平說：

「這是『恐龍汽水』，只要喝了這瓶汽水，就會知道遙遠的古代

生物化石埋在哪裡。」

雖然阿姨的話令人難以置信，但是遼平相信了，因為他感覺得到「恐龍汽水」散發出一股魔力。

「這瓶汽水太適合我了，因為我想要當化石獵人！」

「原來是這樣，那你要買這瓶汽水嗎？」

「嗯！我要買，我要買！」

「價格是一百元。」

遼平急忙把身上的一百元硬幣遞給阿姨，沒想到阿姨卻搖了搖頭。

「不是這個……你不是還有另一枚一百元硬幣嗎？」

「有啊，你要那個硬幣嗎？」

「對。」

「是喔，真奇怪。」

遠平歪著頭拿出另一枚一百元硬幣。這次，阿姨笑著收了下來。

「沒錯沒錯，這就是今天的寶物，平成二十九年的一百元硬幣。

這瓶『恐龍汽水』是你的了。」

「謝謝！」

「啊，等一下，你認得字嗎？」

「嗯，我會寫自己的名字，也會看繪本。」

「這樣啊，那由我紅子為你說明一下。因為本店的商品有很多規

定，你要聽清楚喔。」

阿姨開始向他說明。

「你喝完『恐龍汽水』之後，要把瓶蓋上的恐龍頭拆下來，放在

口袋或是背包裡，這麼一來，你就可以知道化石埋在哪裡了。不過

只有你能挖得出來的化石，以及大小是你能自己帶回家的化石才有

辦法知道位置。」

聽了阿姨的話，遼平想了一下之後回答：

恐龍汽水和遺跡米果

17

「意思就是如果化石埋在很深的地方，那我就不知道了對不對？

而且太大的化石也不行。」

「就是這樣，請你不要因為找不到很大的化石而抱怨，知道了嗎？」

「我知道了。」

遼平點了點頭。雖然他也想找到巨大的恐龍和長毛象化石，但他真正想要的是恐龍的尖牙和利爪，所以沒關係。

他向阿姨道謝後走出柑仔店，沿著小巷沒走幾步路，就回到了熟悉的馬路，而且他要去的那座山就在眼前。

遼平忍不住眨了眨眼睛，覺得自己好像做了一場夢。但是他的

手上確實拿著「恐龍汽水」，證明剛才發生的一切並不是在做夢。

遼平看著手上冰冰涼涼、閃閃發亮的漂亮瓶子看得出神，而且

越看越覺得這個瓶子太帥氣了。整個瓶子的表面都是鱗片，讓人感

覺瓶子好像擁有生命，隨時都會動起來似的，凹凸不平的鱗片摸起

來也讓他不由得陶醉其中。

「啊，對了，要在上山之前喝掉。」

遼平用力打開瓶蓋，咕嚕咕嚕的喝了起來。

「咻！」

遼平的嘴裡充滿汽水，雖然舌頭有點刺刺的口感，但是刺激的口感，酸甜甜的汽水讓他忍不住一口接著一口喝下肚。

讓汽水喝起來很美味。清爽的麝香葡萄口味激發了他的探險心，酸

遼平原本打算只喝半瓶就好，剩下的半瓶要等到口渴的時候再喝，結果自己竟然一口氣喝光了。

「如果汽水再多一點就好了。」

遼平嘀咕著把瓶蓋蓋回去，然後輕輕拔起恐龍頭的部分。

恐龍一下子就被他拔下來了。恐龍頭下面有一個圈圈，看起來

就像戒指一樣，可惜戴在遼平的手指上太大了，不過用繩子串起來

掛在脖子上，就不用擔心會弄丟了。

他把恐龍戒指和「恐龍汽水」的瓶子小心翼翼的放進背包深處，然後終於開始登山。

「那個阿姨說，喝了汽水就可以知道哪裡有化石，到底是透過什麼方式知道的呢？哇，真是令人期待啊。」

遼平左顧右盼，大步走上山。

他來到一個看起來像是山崖的陡坡，路面被掏空露出了下面的泥土，還有各種不同大小的石頭，那些石頭一定是地底的岩石吧。

那個斜坡擋住了遼平的去路，他還想繼續上山，可是又覺得自

己無法爬上那個斜坡，於是打算走其他的路繞過去。

「鈴鈴鈴。」

就在這時，遼平聽到了彷彿在呼喚他的細小鈴聲。

遼平好奇的走近斜坡，沒想到鈴聲變得越來越大，而且越往前走，鈴鈴鈴的鈴聲就越來越清晰。

遼平來到一塊石頭面前，那塊石頭差不多跟他的手掌一樣大，顏色很淺，感覺像是乾掉的黏土。他把石頭拿起來的時候，鈴聲更響亮了，那絕對就是這塊石頭發出的聲音。

「這塊石頭該不會是……」

遠平心跳加速，緊張的從背包裡拿出鐵鎚，朝著石頭敲了下去。

啪的一聲，石頭被敲成了兩半，而且石頭的裡面——

「啊、啊，找到了！」

遠平大聲叫了起來。

找到了。石頭內有一塊小小的卷貝化石，化石雖然很小，但是形狀很漂亮，是個完美的化石。

簡直就像是發現了隱藏的寶藏，遠平興奮得全身一下子熱了起來。

「終於找到了。『恐龍汽水』是真的有效，好，那我要繼續尋找

化石。」

遠平把貝殼化石放進背包，然後豎起耳朵仔細聽，沒想到又聽到了鈴鈴鈴的聲音。他找到發出聲音的地方，這次聲響是從地底下傳來的。

他急忙拿出鏟子挖了一下，發現一塊像是漆黑小石頭的東西，那似乎是恐龍骨頭化石的一部分。雖然不是恐龍的尖牙或利爪，但這是化石也是寶物。遠平再次仔細的把化石放進背包裡。

這一天，遠平總共找到四塊化石，就這樣興高采烈的回家了。

那天之後，遠平每天都把恐龍戒指放在口袋裡，並且努力的尋

找化石。

他在山上、河岸的石頭中發現很多化石，而且也終於找到了三塊夢寐以求的恐龍利爪化石。

遼平用來裝寶物的紙箱，漸漸的裝滿了化石。

有一天，遼平的表哥和史來家裡玩，雖然說是表哥，但和史比遼平大二十歲，目前正在攻讀研究所，是一位專業歷史學家的助理。

遼平聽說和史哥哥會去各地的遺址進行考古挖掘，於是就把自己找到的寶物拿給他看。

和史哥哥看到一整箱化石，忍不住瞪大了眼睛。

「好厲害！這些全都是你自己找到的嗎？不會吧？」

「是我找到的，我是化石獵人，知道化石在哪裡。」

「這、這太誇張了，這是很了不起的才華！對了，下個星期天，你和我們一起去挖掘吧，希望能夠借助你的才華，挖掘到很厲害的古代器物，你一定要來喔。」

「好啊。」

遼平一口答應。大人要找他幫忙，讓他感到很得意。

「好，我一定會找到很棒的古代器物。」

遼平信心十足的等待星期天到來。

星期天，和史哥哥開車來家裡接他。

在高速公路上行駛兩個小時之後，又沿著蜿蜒的山路開了很久，終於抵達目的地時，遼平坐到連屁股都痛了。

不過他一跳下車子，便立刻忘記了疼痛。

那裡雖然在山上，但是泥土裸露，很多地方都挖了很大的坑洞，許多大人蹲在那裡挖土，或是用毛刷輕輕撥開泥土。

「這裡是什麼地方？」

「這裡是繩文時代的遺跡。據說大約在五千四百年前，這裡曾經

恐龍汽水和遺跡米果

27

有一個村莊。這個村莊是最近才發現的，所以地底下應該埋了很多當時的盤子或工具之類的珍貴物品。遼平，你趕快來幫忙，發揮你的才華找到很厲害的古代器物。如果有發現什麼就隨時叫我，我就在那裡。」

和史哥哥把鏟子和棉紗手套交給遼平，然後朝著一個很大的坑洞走了過去。

遼平在遺跡內走來走去，用力豎起耳朵，卻沒有聽到像是鈴聲的聲音，而且令人驚訝的是，他完全沒有聽到半點聲音。

遼平歪著頭納悶這到底是怎麼回事的時候，突然恍然大悟。

該不會是因為埋在地底下的不是化石，所以自己才會聽不到任何聲音？

「慘了。」遼平臉色發白。

再這樣一無所獲，和史哥哥一定會對他很失望。和史哥哥特地帶自己來這裡，他不希望和史哥哥覺得他很沒用。但是現在該怎麼辦？他真的什麼聲音都聽不到。

遼平非常著急，身體也漸漸感到不舒服。

他逃離其他人跑去附近的樹林，當周圍沒有其他人時，遼平的心情才稍微平靜一些。但是他依然聽不到任何聲音，這代表這一帶

完全沒有遼平能夠發現的東西。

遼平拿出口袋裡的恐龍戒指，用力嘆了一口氣。

「真希望除了化石，這個戒指對其他寶物也有效果。」

正當他這麼想的時候，傳來了踩在草上的腳步聲。

遼平轉頭一看，頓時大吃一驚。

有一個女孩站在遼平的身後。她穿著一件紅花圖案的黑色和服，看起來比遼平稍微年長幾歲，皮膚很白，剪成妹妹頭的頭髮看起來是深藍色的。

女孩漂亮的臉上露出笑容看著遼平，手上還拿著許多發出閃亮

光芒的石頭。每一塊石頭都是短短的尖牙形狀，有的石頭像水一樣透明，有的石頭顏色則像嫩葉般漂亮，即使遠平只是個小孩，也能看出那些石頭很有價值。

「太讚了……」

遠平情不自禁的發出讚嘆。女孩炫耀著手上的石頭，用沙啞的聲音說：

「這是我找到的勾玉，就是古代人的首飾，是不是很棒？」

「你、你是怎麼找到的？你在哪裡找到的？」

「很簡單啊，因為我知道這種東西在哪裡。」

「咦？為什麼？」

「因為我吃了這個。」

女孩露出狡黠的眼神，拿出一個小紙包，紙包內有許多又薄又圓的金黃色仙貝，大小跟十元硬幣差不多大，看起來也很像硬幣。

「這是『遺跡米果』，從名字就知道，這款零食在遺跡可以發揮超強的效果，因為可以找到很多寶物。怎麼樣？是不是很棒呢？」

「嗯……」

遼平忍不住點頭同意。他一看到「遺跡米果」，就知道這種米果很有威力。這種感覺，和他之前在那家柑仔店發現「恐龍汽水」

時一模一樣。

遼平注視著「遺跡米果」，越來越想要把它占為己有。只要擁有這種米果，在這裡一定可以發現很厲害的古物。

「那、那個，可以給我一片嗎？」

「我才不要。這麼珍貴的東西，我怎麼可能送給你。」

「你不要這麼說嘛。拜託了，給我一片就好。我可以找到化石，下次我送你很棒的化石。」

「我不要。你應該很清楚，這種東西要自己找到才開心。」

「呃……」

女孩突然露出甜美的笑容，對一臉不知所措的遼平說：

「真是拿你沒辦法，那你拿那個恐龍戒指和我交換，我就把整包

『遺跡米果』都給你。」

「啊？不要！」

遼平急忙把恐龍戒指藏在身後。這是他的寶貝，才不要給別人

呢。

沒想到女孩笑得更開心了。

「是喔，那就算了。但是你的表哥對大家說你有獨特的才華，一

定可以發現很屬害的古代器物⋯⋯如果你什麼都沒找到，不知道大

家會怎麼看你。」

這番話真的很惡毒，而且深深刺進了遼平的內心。

「不要，我不想看到和史哥哥跟大家失望的表情，這樣太丟臉了，也很沒面子。與其這樣，還不如……」

遼平哭喪著臉，下定了決心。

「好、好吧，真的可以找到很厲害的古代器物嗎？」

「對，我向你保證可以找到很珍貴的寶物，所以趕快把那個戒指給我，而且要明確的說出你不需要這種東西。」

女孩前一刻甜美的聲音消失了，聲音變得很可怕，語氣變得十

分陰沉。

遼平臉色發白。「好可怕！」他想要趕快逃離這個女孩。

「我不需要這個戒指！」他大聲喊了出來。

女孩立刻從遼平手上搶過恐龍戒指，把「遺跡米果」塞到他的手上。

女孩笑得很開心，她紅色的嘴角高高揚起，然後嬌聲對渾身發抖的遼平說：

「你很乖，說得太好了。如果是平時，我會向你收錢，但這次就算了。趕快回去吧，快走快走。」

「喔，好。」

遠平轉身逃出樹林，一口氣跑回遺跡。確認那個女孩沒有追上

來之後，他才終於鬆了一口氣。

這時，和史哥哥跑了過來。

「喂，遠平，怎麼回事？你剛才去了哪裡？」

「嗯、嗯，我去附近看看。」

「你不要隨便亂跑。怎麼樣？有沒有什麼發現？」

「呃……等、等一下，等我吃完點心就會認真找了。」

「啊？這麼快就要吃點心了？」

「只吃一個，我只吃一個就開始做事。」

遼平說完，急忙把手伸進紙包，拿出一片「遺跡米果」。

米果很脆，有著淡淡的鹹味。雖然米果很好吃，但是咬起來的

口感沙沙的，好像在吃沙子。

但是心急的遼平管不了那麼多，直接把米果吞了下去。

吃完米果，他立刻看到了光。旁邊的草叢發出了金色的光芒。

遼平知道這一定是「遺跡米果」的威力，於是對和史哥哥說：

「哥哥，在這裡，你挖這裡試試看。」

「咦？這裡不在我們的調查範圍內。」

「別管這些了！我覺得這裡有寶物，拜託你快挖。」

「真是拿你沒辦法，那我就挖挖看。我先挖四十公分，如果什麼都沒有，就要回去繼續做事了。」

和史哥哥一臉不甘願的拿起大鏟子，在遼平手指的位置挖了起來。

結果才挖不到二十公分，就挖到了一個很大的土器。

那個壺的圖案很奇怪，而且看起來醜醜的，遼平感到非常失望。原本以為可以挖到像剛才那個女孩手上的寶石，沒想到竟然是這種壺，真是掃興。

沒想到和史哥哥臉色大變。

「這、這是⋯⋯喂！大家過來一下！」

其他人看到那個壺，也急匆匆的幫忙一起挖那個坑洞，結果接連找到了其他的壺，還從某些壺裡發現了陳年的樹果和已經變黑的種子。

教授露出興奮的神情。

「這裡以前應該是村莊的貯藏庫。你們看！古代的人會把橡實蒐集起來貯藏！」

「這個像種子的東西是什麼？」

「不知道，馬上把它帶回大學研究！這是可以了解古代人飲食生

活的寶貴線索，搞不好是本世紀的重大發現！」

大家聽了教授的話，全都齊聲歡呼起來。

和史哥哥興奮得雙眼發亮，回頭看著遼平說：

「遼平，你聽到了嗎？這搞不好是本世紀的重大發現！多虧有

你，這都是你的功勞！」

「嗯，太好了。」

被大家稱讚，被人捧在手心上奉承，遼平當然也很高興，但他

忍不住想著，自己還是比較喜歡找到化石。

身穿黑色和服的女孩是「倒霉堂」的澱澱，她在剛才的那片樹林中放聲大笑，那個恐龍戒指也在她的手上閃閃發光。

「成功了！嘿嘿嘿，我成功搶走了錢天堂的客人！現在錢天堂裡應該亂成一團了吧。嘿嘿嘿，好戲才剛上場，紅子你等著瞧，我會好好折磨你的！」

說完，澱澱用力捏了一下手上的恐龍戒指，戒指馬上被捏得粉碎。

澱澱拍了拍手，思考著接下來該怎麼做。

「下次要讓錢天堂的客人吃我的零食，讓錢天堂的零食效果加

倍。當能力太強無法控制的時候，幸運的客人遲早會落入不幸的深淵，到時候那個人就會後悔買了錢天堂的零食。嗯，我真聰明。」

「就這麼辦。」澱澱眉開眼笑的走出了樹林。

數十年後，長大成人的遼平終於如願成為恐龍學家，在世界各地挖掘到很多珍貴的古物。

但是他發現的全都是古代遺跡、黃金項鍊，以及用水晶做成的短劍這類和恐龍無關的東西，所以被人稱為「本業外的天才挖掘獵人」。

市丸遼平，六歲的男孩。平成二十九年的一百元硬幣。

2 驅蟲香水

嗡嗡嗡。

耳邊響起了不舒服的聲音。

躺在床上看雜誌的美鈴，忍不住跳了起來。

是蚊子，房間裡有蚊子。

她急忙瞪大眼睛尋找，卻沒有看到蚊子的蹤影。她打算點蚊香，沒想到蚊香竟然用完了。平常她都會在上班用的皮包裡放一瓶

驅蟲噴霧，但是噴霧偏偏在這種時候也用完了。

總之，一定要想辦法解決這件事。知道家裡有蚊子，她就無法再安心看書了。她決定馬上出門去買蚊香，還要買五瓶驅蟲噴霧回來。

美鈴急急忙忙走出家門。

「真是討厭。星期天難得可以在家裡好好休息，卻被一隻蚊子給毀了。」對二十二歲的上班族來說，假日太寶貴了。

美鈴一臉不悅的走在街上。

美鈴最討厭昆蟲了。她從小就怕各種昆蟲，就連漂亮的蝴蝶也

會讓她渾身起雞皮疙瘩，所以她很討厭昆蟲出沒的夏天，也很討厭昆蟲出沒的山上。看到蟑螂她更是怕得要命，所以「我真想乾脆搬去南極或北極」也變成了她的口頭禪。

這個世界上要是沒有昆蟲就好了，至少不要出現在自己的眼前。

她一路上嘀嘀咕咕抱怨的時候，發現前方有一隻蟬，那隻蟬仰面朝天的掉在地上。

「啊！」

美鈴當然也怕蟬，而且這種掉在地上的蟬最可怕了。原本還以為牠們死了，沒想到一走近才發現牠們全身顫抖著在掙扎。

「那隻蟬搞不好還活著。唉，真討厭，噁心死了，牠為什麼偏偏掉在這條小路的正中央。」美鈴在心裡嘀咕。

美鈴完全不想走這條路，於是走進了旁邊的小巷。她是第一次走那條巷子，但是只要直直往前走，應該可以通往對面那條路。

希望不要有蟑螂突然飛出來。

美鈴一邊祈禱一邊走進小巷內。

她走了很久，一直沒有走出那條小巷，也看不到對面那條路，簡直就像是走進了迷宮。

美鈴漸漸產生了一種奇妙的感覺，覺得好像有人在前方等待她。

她忘了昆蟲和蚊香的事，一個勁的往前走，終於看到了一家柑仔店。

「嗚哇，看起來好有歷史！店名叫『錢天堂』？好奇怪的名字。」

店門口陳列的零食吸引了她的目光，光是看到那些零食，心情就忍不住興奮、激動起來。

獵人奶油三明治、團結堅果、剛剛好口金包、貴族棉花糖、懶洋洋氣球、筋肉人巧克力、愛死了冰棒、變身史萊姆、太陽神餅乾球、芭蕾閃電泡芙。

「哇，好有趣，這真是太有趣了。」

50

美鈴拿出手機想要拍照給朋友看的時候，一個身穿和服、體型像相撲選手的高大阿姨從店裡走了出來。

這個阿姨也很奇特，身材高大的她穿著一件紫紅色和服，雪白的頭髮上插了五顏六色的玻璃珠髮簪，豐腴的臉蛋看起來很年輕，讓人猜不透她的年紀。

阿姨笑著對美鈴說：

「歡迎光臨，幸運的客人，感謝你在這麼熱的天氣來到錢天堂。」

「呃，喔……嗯，這只是巧合……」

52

「巧合也是一種運氣。請問你有什麼心願？不管你的願望是什麼，都可以說出來。」

阿姨說的話太奇怪了，她不是應該要問：「你喜歡吃怎樣的零食？」才對嗎？

美鈴納悶的歪著頭，原本打算回答「我只是看看而已」，因為她正在減肥，不能買零食吃。

沒想到她張開嘴巴時，卻說出了完全不同的話。

「我想要有昆蟲不會靠近我的東西。」

「哎喲，這位客人，原來你不喜歡昆蟲啊。」

「不僅不喜歡，連看到都覺得討厭。說句心裡話，我真希望所有昆蟲都從這個世界上消失。」

「這樣啊，我覺得吉丁蟲和螳螂都是很出色的動物。」

「啊，不要說了，我不想聽。」美鈴摀著耳朵說。

「你真的很討厭昆蟲呢。」阿姨苦笑著點了點頭說：「我明白了，你這麼討厭昆蟲，我這裡剛好有一樣很適合你的東西，請稍等一下。」

阿姨說完便走進店裡，然後很快的又走了回來。

「你喜歡這個嗎？」

阿姨伸出的手上，有一個用白色跟金色和紙包起來的小盒子。

盒子裡有兩個比指甲油容器更小的玻璃瓶，圓形的瓶子上有一個噴嘴，噴嘴用蓋子蓋了起來，蓋子頂部還分別寫了「弱」和「強」這兩個字。

美鈴覺得自己的心完全被打動了。

「太棒了，我想要這個！雖然不知道為什麼，但我絕對要擁有這個！」

阿姨慢條斯理的對緊盯著盒子的美鈴說：

「這是『驅蟲香水』，只要把它噴在身上，昆蟲就不會靠近你，

而且最棒的是效果可以持續一輩子。你想要嗎？」

「我要買！」

美鈴毫不猶豫的回答。

「看來你很喜歡，那真是太好了。商品的價格是五百元，請你用平成三十年的五百元硬幣支付，其他的硬幣都不行。」

美鈴聽了阿姨的話，急忙在皮夾裡找了起來。

找到了，真的有平成三十年的五百元硬幣。

她把五百元硬幣交給阿姨，阿姨露出了開心的笑容。

「很好很好，這確實是今天的寶物沒錯，那麼『驅蟲香水』是你

的了。

「謝謝！哇，太好了，太好了！」

美鈴像小孩子一樣欣喜若狂，阿姨在這時向她補充說明：

「使用『驅蟲香水』的時候，一定要先用『弱』的那一瓶，如果效力不夠，再用『強』的那一瓶。我想你應該不需要用到『強』的那一瓶，反正你要記住，先用『弱』的那一瓶，知道了嗎？」

「是，我知道了。」

美鈴滿心歡喜的接過「驅蟲香水」的盒子，然後歡天喜地的走出了柑仔店。

只要穿過小巷，立刻就能回到熟悉的大街上。美鈴情不自禁的加快腳步，這時，有人在身後叫住了她。

「姐姐，請等一下。」

回頭一看，有個女孩從後方追了上來，她穿著黑底紅花的和服，臉蛋像人偶般又白又漂亮。

女孩上氣不接下氣的跑到美鈴面前，用和外表很不相襯的沙啞聲音說：

「對不起，耽誤一下你的時間。我在錢天堂打工，你剛才是不是在我們店裡買了東西？」

「對，沒錯，我買了驅蟲香水。」

「驅蟲香水……」

女孩的眼睛瞬間亮了起來，但是那道光彩很快就消失了。她露出笑容說：

「喔，果然是你。老闆娘剛才一時疏忽，忘了把贈品交給你，所以叫我趕快追上來。啊，幸好有追上。」

女孩說著，從懷裡拿出一個小瓶子。那個瓶子和驅蟲香水的瓶子差不多大，只是形狀有點不一樣，裡面裝了深紅色的液體。

「給你，這是『最強』。」

「最強？」

「對，姐姐你看『驅蟲香水』的說明書了嗎？如果還沒看，你可以現在看一下。」

美鈴打開驅蟲香水的盒子，把裡面的說明書拿了出來。

「驅蟲香水」正如其名，具有驅趕昆蟲的效果。請先試用寫了「弱」的瓶子內的香水，只要噴一下，跳蚤、蚊子和蜈蚣等害蟲就不會再靠近。追求更強效果的人，可以把寫了「強」的瓶子內的香水也噴在身上，害蟲以外的昆蟲也會遠離。

「這真是太棒了。」美鈴感到十分滿意。

不過女孩露出狡猾的表情對她說：

「但這不是和普通的驅蟲噴霧沒什麼差別嗎？所以這瓶『最強』才是重點。」

「是嗎？」

「當然是啊。你用了『弱』和『強』之後，最後再用這一瓶，這樣全世界所有的昆蟲都會遠離你的人生。」

「不會吧！這是真的嗎？」

「當然是真的，這商品最適合這輩子都不想看到昆蟲的人。這是

附贈的贈品，姐姐，你想要嗎？」

「我要、我要！」

「全世界所有的昆蟲都會遠離我的人生，這簡直是夢寐以求的事。」

美鈴喜出望外的接過了「最強」的瓶子。

「謝謝你特地送過來。」

「你太客氣了，我才要謝謝你願意收下，那我走了。」

女孩得意的露出一絲卑鄙的笑容，沿著來時路離開了。

美鈴也走出小巷，順著大馬路直接走回家。她一踏進玄關，立刻就想起了剛才出門的目的。

「對了，家裡有蚊子，我原本是要去買蚊香的。」

現在正是測試「驅蟲香水」的絕佳機會。

美鈴站在玄關，打開驅蟲香水的盒蓋。她當然想要用「最強」的那瓶香水，但還是先從「弱」開始，每一瓶的效果都要試試看。

美鈴從盒子裡拿出「弱」的瓶子。玻璃瓶裡裝了少許淡綠色的液體，她把噴嘴對著手腕按了一下。

「咻。」香水像霧氣一樣噴灑在皮膚上，同時散發出萊姆的香氣，清新的香氣聞起來很舒服。

當香水滲進肌膚後，美鈴鼓起勇氣走進房裡。

蚊子應該還在家裡。啊，看到了，那隻蚊子竟然停在牆壁上休息。

蚊子發現美鈴回來了，會不會飛過來？牠會飛過來吸血嗎？

美鈴關上門，讓房間變成密室狀態。

她等了十分鐘。

蚊子一點動靜也沒有。

美鈴朝蚊子走近一步，結果蚊子飛了起來，搖搖晃晃的試圖遠離她，簡直就像是害怕美鈴靠近。

美鈴把蚊子趕到窗邊，讓牠從窗戶飛出去。趕走蚊子後，美鈴忍不住得意的笑了起來。

「弱」的效果也很厲害，從今以後，自己應該不會再被蚊蟲叮咬了。但是這和普通的驅蟲噴霧效果差不多，她也想要遠離不是害蟲的昆蟲，所以她決定再用「強」的香水。

寫著「強」的香水，顏色是淡淡的水藍色，有著濃烈的薄荷香味，但是香氣很清爽。美鈴噴了香水之後，再次走出家門，前往綠意盎然的森林公園，那是她平時絕對不會靠近的地方。

美鈴一踏進森林公園，原本雜木林內不絕於耳的蟬鳴聲立刻停了下來。即使她撥開草叢，也完全看不到一隻蚱蜢。她鼓起勇氣走向一個很大的蜘蛛網，但是也沒看到蜘蛛。

所有的昆蟲都躲起來了，不想讓美鈴看到。

從今以後，再也不會看到那些可怕的東西了。

美鈴開心的笑了起來，坐在樹蔭下。

以前她都不敢靠近樹木下方，但是現在完全沒問題了。對了，以後也可以和朋友一起去烤肉和露營。

可能是美鈴看起來太開心了，一個正在公園玩的小男孩走到她面前說：

「妳要不要看一樣好東西？」

「嗯？什麼好東西？」

「這是我找到的，你看你看，是不是很漂亮？」

小男孩在說話的同時伸出手，他的手上握著一隻艷金龜的屍體。

「啊啊啊！」

美鈴跳了起來，全速逃離公園。

總算逃回家裡後，美鈴仍然全身起雞皮疙瘩。

「為什麼？昆蟲應該不會靠近我才對啊？啊，該不會是因為剛才那隻艷金龜已經死了？『強』的香水只對活著的昆蟲有效嗎？啊，討厭討厭，看來只用『強』還不夠，必須讓這個世界上所有的昆蟲都遠離我。」

她急急忙忙拿起「最強」的香水瓶。

咻！

這次的香氣格外濃烈，就像瑞香花的濃郁香氣般刺鼻。雖然味道很好聞，但是聞了卻有點頭痛。

「這款香水的味道……濃烈程度和其他兩款好像不太一樣？」

「算了，如果給我『最強』香水的女孩沒說錯，從今以後我的人生再也不會遇到任何昆蟲了。」

美鈴終於安心的鬆了一口氣，從冰箱裡拿出裝了麥茶的保特瓶。在這麼熱的天氣一路跑回家，她感到口乾舌燥。

這時，手機鈴聲響了起來，是朋友真衣傳電子郵件給她，信裡寫著「你要不要來參加我們公司單身男子的聯誼活動？」真衣還傳來一張照片，說是「有很多像這樣的帥哥喔」！

照片中那幾個穿西裝的男人，全都做出了搞笑動作。美鈴被其中一個男人吸引了目光。

「真是太帥了。個子高，身材好，雙眼又炯炯有神，簡直就是白馬王子。」

美鈴感覺到內心小鹿亂撞、臉頰發燙。

「我想認識這個人。」

她忘了原本想喝麥茶這件事，急忙打電話給真衣。

「喂，真衣嗎？我是美鈴。我想問你一件事，剛才你傳給我的照片，站在最右邊的那個人是誰？」

「你這個肌肉花痴哪有資格說我啊！」

「我就知道你會喜歡他，因為他看起來就是你喜歡的類型。」

真衣喜歡肌肉男，只要男人有一身飽滿的肌肉，即使臉長得像科學怪人也無所謂。

「你不要吊我胃口了，趕快告訴我他叫什麼名字？今年幾歲？結婚了嗎？有沒有女朋友？他會參加聯誼嗎？」

「哇，問題真多耶。你這麼喜歡他嗎？」

「老實說，我對他一見鍾情。」

「是嗎？既然你都這麼說了，那就值得介紹給你了。他是我們營業部的同事，名叫一郎，比我們大四歲。他說他沒有女朋友，所以也會參加聯誼。他的性格、興趣應該和你很合得來，你可以在聯誼時主動進攻。」

「不用你說我也會這麼做！」

這時，真衣有點擔心的問：

「但是問題在於聯誼的地方，大家說要找一個輕鬆的場合，所以

7 2

就約在戶外的啤酒館。這次是在像公園的地方聯誼，可能會有蟲子出沒，你沒問題嗎？」

「沒問題、沒問題，我已經解決這件事了！」

「真的嗎？那你把下週六的時間空出來，我再把地點傳給你。」

「嗯，謝謝。」

掛上電話後，美鈴情不自禁的做出了勝利姿勢。

最討厭的昆蟲遠離了自己，而且還有了戀愛的預感。所謂的玫瑰色人生，一定就是指自己現在的心情。

既然這樣，自己要更努力減肥，在下週之前再瘦一公斤，讓身

材更苗條。

美鈴換上運動服，準備進行前一陣子開始練習的運動。

一個星期後，美鈴去參加聯誼。那家啤酒館位在綠樹成蔭的公園內，周圍被茂密的樹木包圍，一看就知道會有很多昆蟲出沒。

但是美鈴抵達之後，啤酒館內就完全沒有出現昆蟲。有好幾個客人發現到這件事，紛紛感到納悶。

「今天完全沒有蟲子飛來飛去耶。我上次來這裡的時候，就算旁邊已經點了蚊香，還是被蚊子咬了。」

「今天也沒有飛蛾飛來飛去，真是太好了。」

美鈴聽到別人小聲的討論，拚命忍住笑容。

「這都是多虧了我，你們要好好感謝我。」

美鈴一邊在心裡嘀咕，一邊尋找她心儀的一郎。真衣公司的同事差不多來了十個人，但是卻沒看見一郎的身影。

美鈴小聲的問真衣：

「我問你，一郎呢？」

「他說電車誤點，會晚十五分鐘左右，叫我們可以先開始。」

「原來是這樣。」

大家一起乾杯後開始聊天，但是美鈴始終心不在焉。

好想趕快見到一郎，好想和他聊天。美鈴已經從真衣那裡打聽到一郎喜歡看電影，如果和他聊最近上映的電影，應該會聊得很開心吧？

美鈴正想著這些事的時候，突然聽到有人說：「啊，一郎來了！」

喂，這裡這裡！

美鈴頓時心跳加速。

「來了嗎？他在哪裡？」

回頭一看，才發現一郎正朝著她的位置走來，他滿臉笑容的揮

著手接近。

美鈴的心跳就像彈珠臺裡的彈珠一樣四處跳個不停。

不會吧？他本人比照片上更帥。啊，慘了慘了，還沒見面自己的臉就紅了，對方可能會被嚇跑。要保持平常心。沒錯，保持平常心，絕對不能表現出猴急的樣子。在真衣把一郎介紹給自己之前，要當個淑女靜靜等待。

美鈴不停的這麼告訴自己，等待一郎走過來。

沒想到……一郎越靠近狀態卻越來越不對勁。原本輕盈的腳步變得沉重，他收起臉上的笑容，露出了痛苦的表情。

「喂，你們不覺得奇怪嗎？」

「一郎，你怎麼了？」

「一郎，你沒事吧？」

大家紛紛關心的詢問，但是一郎停下了腳步，然後轉身跑出公園。

所有人看到這一幕都目瞪口呆。

「剛才那是怎樣？」

「怎麼回事？」

「不知道⋯⋯真是莫名其妙。」

擔任主辦的男人，手機收到了電子郵件。

「啊，是一郎傳來的……他要我代他向大家道歉。他說突然感覺很不舒服，雖然他也搞不清楚是什麼狀況，但他覺得自己不能靠近啤酒館。」

「那是什麼意思？」

「搞不好他是感覺到有幽靈。」

「怎麼可能啊，他又沒有靈異體質。啊，該不會是蚊香的味道讓他不舒服吧？這裡不是點了很多蚊香嗎？一郎可能是聞到蚊香的味道，所以才狀態不好。」

「有可能喔，因為他是蜜蜂啊。」

大家都笑了，只有美鈴笑不出來。她臉色發白，拉著真衣的袖

子問：

「他們說一郎是蜜蜂，這句話是什麼意思？」

「啊，我沒告訴你嗎？一郎姓蜂谷，就是蜜蜂的蜂，山谷的谷，

蜂谷，所以大家說他是蜜蜂。」

「……」

「喂，美鈴，你怎麼了？你的臉色好差。」

「完……」

「啊？你說什麼？」

「我完了。」

美鈴終於恍然大悟。一郎會突然不舒服逃離現場，都是因為自己的緣故。

美鈴使用了「最強」的驅蟲香水，所以任何昆蟲都無法靠近。

意思就是，就連姓名中有「蟲」這個字，或是帶有「昆蟲」意思的人都不行。

「沒想到會有這種事。」

美鈴覺得雙腿發軟。

原本以為終於遇到白馬王子了，沒想到王子居然無法靠近自己，早知道就不要用什麼驅蟲香水了……

「算了！」美鈴擦去差點奪眶而出的眼淚。

如果把沒有昆蟲的人生和帥哥放在天秤的兩端比較，自己還是會選擇沒有昆蟲的人生。天底下還有很多男人的名字和昆蟲無關，其中一定有人比一郎更出色。好，這次就放棄吧。今晚要喝個痛快，明天再開始追求新的戀情！

「嘿嘿，嘿嘿嘿……」

「美鈴？你從剛才就怪怪的，有點恐怖耶。」

「沒事沒事，來，喝酒！我今天要開懷大喝！不好意思，給我一杯大杯的生啤酒！」

樣子。

這天晚上，美鈴喝了一杯又一杯。

幾天之後，有個男生向美鈴告白，說他愛上了美鈴豪爽喝酒的

「咕！」澱澱忍不住咂嘴，「真可惜，我太小看那個討厭昆蟲的女人了，沒想到比起帥哥，她竟然選擇了沒有昆蟲的人生。昆蟲到底有什麼錯？蜈蚣和蟑螂不是都很可愛嗎？真是莫名其妙。」

澱澱嘆了一口氣，露出嚴肅的表情。

「經過這一次我終於知道了，不要用加強錢天堂商品的效力來搞破壞，還是要用倒霉堂的零食一決勝負才對⋯⋯下次我一定會成功的。紅子，到時候不知道你會露出怎樣的表情。」

澱澱發出呵呵呵的笑聲，消失在黑暗中。

三鷹美鈴，二十二歲的女人。平成三十年的五百元硬幣。

3 吸一點口香糖和
全都要奶油餅乾

小翔目前讀小學六年級，他最大的煩惱就是讀書。

國文、數學、自然、社會，每一科他都不喜歡。雖然父母把他送去補習班，但他的成績還是沒有進步，每次考試的分數都慘不忍睹。

照這樣下去，暑假也會被送去參加補習班的加強輔導營。小翔想要自由自在的過暑假，無論如何都要避免這種情況發生。

吸一點
口香糖

「我不要去加強輔導營，一定要想辦法。」

有人向煩惱的小翔伸出了援手。有一天下午，他在前往補習班的路上，來到一家神奇柑仔店。

那家店裡有一位滿頭白髮、身材高大的阿姨，她說小翔是「幸運的客人」，然後向他推薦了一款零食，問他：「你覺得這個怎麼樣？」

那款零食裝在和手心大小差不多大的小盒子裡，盒子上畫了一個穿著王子衣服的男孩，看起來一副很跩的樣子。旁邊還有一隻咧嘴笑著、張開翅膀的吸血蝙蝠。小翔一看到「吸一點口香糖」的盒

子，就立刻愛上了。

「我想要這個，我一定要拿到手。」

阿姨說那個商品的價格是一元，他馬上就付錢買了，然後前往補習班。

他在補習班上課時，偷偷打開「吸一點口香糖」看了一下。盒子裡有兩顆大大的圓形口香糖，一顆是紅色，另一顆則是黃色。他看了盒子背面的說明，發現上面寫著很驚人的內容。

這款口香糖可以把別人的才華和能力稍微吸一點到自己身上。首

先，要讓擁有自己想要能力的人吃下紅色口香糖，然後自己再吃黃色口

香糖，這樣一來就能把對方的能力吸過來了。

雖然說明的內容令人難以置信，但是小翔決定要把紅色口香糖

送給星崎惠子吃。

小翔和惠子並不是同一所學校的學生，但是他們都在這間補習班補習，而且惠子每一科的成績都很好。小翔一直很羨慕惠子，如

果問他想要吸取誰的能力，那當然非惠子莫屬。

一到補習班的下課時間，小翔馬上跑去惠子身邊。惠子正在認

真寫筆記，小翔假裝若無其事的對她說：

「你好厲害，聽說上次小考也考了滿分。」

「啊，嗯，還好啦。」

「你真的太厲害了，我超級尊敬你。來，我請你吃口香糖。」

小翔把紅色口香糖放在手上，遞到惠子面前。

「啊？不用了。」

「你不必客氣，這個口香糖超好吃。電視上說，讀書需要補充糖分，所以我覺得你吃比我吃更值得。」

小翔執意要請她吃口香糖，惠子只好勉為其難的接了過去。不

過她放進嘴裡咬了一口之後，頓時露出了笑容。

「好好吃！真的超好吃！」

「我就說嘛。」

「謝謝你，下一節課我可以更專心聽講了。」

「太好了，那我就先回座位了。」

「真好吃！怎麼這麼好吃！」

小翔急忙從惠子身旁離開，把藏在手裡的黃色口香糖放進嘴裡。

口香糖很軟，咬下去的時候裡面好像有果醬流出來一樣，酸酸

甜甜的味道，簡直就像是南國的水果。

這麼好吃的口香糖，讓他忍不住感動起來，但真正感動他的事還在後頭。

下一節課開始的時候，小翔突然覺得讀書很有趣，老師上課的內容和教科書上寫的文章都進入了他的腦袋。

小翔突然理解了以前不懂的內容，覺得世界好像突然變開闊了，有一種陰沉的天空突然撥雲見日的爽快感。

那天之後，小翔無論在補習班還是學校成績都有進步，但惠子的成績卻稍微退步了一些。小翔覺得她有點可憐，但還是忍不住得意的偷笑，因為這麼一來，暑假就不用去加強輔導營了。

「啊啊，我真是太幸福了！」

暑假結束後，在下學期剛開學的第一天，小翔在上學途中被人叫住了。

「喂，同學。」

他聽到沙啞的聲音回頭一看，發現有個陌生的女孩站在樹蔭下盯著他看。

那個女孩的年紀看起來差不多八歲，有著和夏天很不搭的白皙皮膚和鮮紅嘴脣，而且還穿了一件很少見的黑底紅花和服。她的年紀比小翔小，但是看起來很成熟，有種令人望而生畏的氣勢。

「她看起來不像是我們學校的學生。」小翔一邊想著一邊走近那個女孩。他是六年級的學長，看到年紀比自己小的學妹一個人站在那裡，當然不能置之不理。

「你在這裡做什麼？現在不是上學時間嗎？你的書包呢？」

「呵呵，你覺得我看起來像是要上學的年紀嗎？」

那個女孩露出可怕的笑容，然後直截了當的說：

「你做了壞事，你是不是吸走了朋友的能力？」

「你、你在說什麼？」

「你裝糊塗也沒用，我全都知道。你不是吃了『錢天堂』的零食

嗎？你吃了什麼？趕快告訴我。」

女孩聒噪的沙啞嗓音很可怕，小翔忍不住把所有事情都說了出來。

女孩用充滿同情的眼神注視著小翔。

「你真是做了一件傻事。」

「為、為什麼？」

「因為『吸一點口香糖』只能吸取某一個人的能力，這個世界上有各式各樣的能力，只會讀書不是很無趣嗎？」

小翔聽了這句話，頓時有種「一語驚醒夢中人」的感覺。

其實小翔的體育也很差，雖然跑步不算太慢，但是整體的運動

能力超差。他打籃球從來沒有投籃得分過，踢足球的時候就算傳球給他，他也永遠接不到。班上的女生都笑他「很遜」，他對這件事感到非常屈辱。

相較之下，同班的晉也就不一樣了。他不僅各項運動全能，班上同學也都很喜歡他。雖然晉也的長相並不英俊，但女生都說：「晉也超帥。」

還有繪梨的美術也很強，老師經常稱讚她畫得很好，參加比賽也有得獎，所以小翔很羨慕她。

這麼一想，他突然覺得光會讀書的確還不夠，要是可以同時擁

有其他才華就好了。

女孩似乎看透了小翔的心思，遞給他一片餅乾。

那是一隻烏鴉形狀的餅乾，烏鴉張著大嘴，眼睛的部分鑲了一顆葡萄乾。

小翔倒吸一口氣，覺得這塊餅乾實在是太誘人了，和他之前看到「吸一點口香糖」一樣，深深打動了他的心。

他知道，這塊餅乾一定也具有魔力。

果然沒錯，那個女孩對他說：

「這是『全都要奶油餅乾』，雖然和『吸一點口香糖』的效果相

吸一點口香糖和全都要奶油餅乾

97

同，但是『全都要奶油餅乾』更厲害，因為它可以把其他人的能力和才華全都搶過來。」

「真的嗎？」

「當然是真的，這點和『吸一點口香糖』可是大不相同喔？如果你想要，我就把它送給你。使用方法很簡單，你先把這塊奶油餅乾吃下去，然後想要誰的能力，就只要在那個人身上捏一下，這麼一來，對方的能力就會全都屬於你了。怎麼樣？你是不是覺得很棒？」

女孩沙啞的聲音很刺耳，但是說出來的話像蜜一樣甘甜，誘惑了小翔的心。

小翔立刻被打動了。「她說得對，我還想要擁有很多能力和才華，如果可以擁有那些能力，那不是太棒了嗎？」

「你不可能免費送我吧？這要多少錢？」

「不用錢。」

女孩說完，把「全都要奶油餅乾」塞到小翔的手上，然後雙眼發亮的說：

「一個星期之後我會再來找你，只要到時候你說出我想聽的話，這樣就夠了。」

女孩留下這句令人百思不解的話，然後就轉身離開了。

小翔立刻把「全都要奶油餅乾」吃光了。

酥脆的餅乾帶有鹹香的奶油香氣，吃起來不會太甜，感覺像是大人的味道。雖然吞下去的時候喉嚨有點卡卡的，但是餅乾本身很好吃，所以小翔並不是很在意。

小翔連餅乾屑都吃得精光，然後才走去學校。當他走進教室時，幾乎所有同學都已經坐在座位上了。

小翔轉頭打量四周，找到了自己羨慕的對象。首先，他要對運動健將晉也下手。

他若無其事的從後方走到晉也身旁，然後用力捏了一下晉也的

手臂。

「好痛！小翔，你幹麼？」

「對不起，我只是想捏捏看。」

「啊？什麼意思啊？別鬧了。」晉也很生氣的說。

「我就說對不起了嘛，以後不會再捏你了。」

小翔立刻離開晉也，內心興奮得不得了。

「我把晉也的運動能力搶過來了嗎？」小翔這麼想著。

這個問題的答案很快就揭曉了。第一堂課剛好是體育課，而且

是小翔最討厭的足球。

沒想到今天踢足球的時候，小翔大顯身手。他像老鷹一樣滿場飛，從對手那裡搶球之後，漂亮的傳球給隊員，最後還射球進門，成功的贏了一分。

他在球場上的巨大變化，不僅同學們很驚訝，就連小翔自己也大吃一驚。他沒想到「全都要奶油餅乾」竟然這麼神奇。

至於晉也，他在球場上失誤連連，大家都忍不住罵他：「你在搞什麼啊！」看到晉也垂頭喪氣的樣子，小翔感到痛快不已。

但是事情還沒有結束，小翔並沒有因此滿足，他還想要擁有更多的才華。下一節是書法課，他想搶走夏美寫了一手好字的能力。

足球比賽結束和其他隊伍交換的時候，小翔隨手捏了夏美的背部一把。

「喂！你幹麼啊？」

「抱歉，你身上有一隻蟲子。」

「蟲子？不會吧？你幫我拿掉了嗎？」

「現在已經沒有了。」

「太好了，謝謝你。」

「不客氣，剛剛捏到你很痛吧？我是不想嚇到你，所以就先幫你把蟲子拿掉了。」

「這樣啊，小翔，沒想到你人這麼好。」

聽到夏美的感謝，小翔笑得合不攏嘴。

第二節課上課的時候，一切都和他想得一樣。

小翔運筆如飛，可以隨心所欲的操控筆墨。

「小翔，你寫字大有進步喔。」

能讓老師大吃一驚，小翔感到很得意。他瞥了夏美一眼，發現

夏美怎麼寫都寫不好，正在抱頭苦惱。

無論是踢足球還是寫書法，都證明了「全都要奶油餅乾」真的

能讓他在捏別人之後，把別人的能力搶過來。最重要的是，可以把

很多人的能力占為己有。

「這真是太棒了。」

小翔開始到處去捏別人。會做菜的同學、很會畫圖做美勞的同學、很會逗大家開心的同學、動物願意親近的同學、很會玩對戰遊戲的同學……

他把這些同學的能力全都搶了過來，但是依然不滿足。只要一得到能力，他又會立刻想要新的能力。

一個星期過後，他擁有了所有六年級學生的能力和才華。

然後，那個身穿黑色和服，看起來有點可怕的女孩再度出現在

他的面前。那天也是在早上，她在小翔上學的路上等他。

「怎麼樣？」女孩問他：「你有沒有妥善運用『全都要奶油餅乾』的威力？」

「當然有啊，我可是物盡其用，現在所有事情都很拿手，而且女生也開始喜歡我了。」

「這樣啊，那真是太好了。怎麼樣？你喜歡我給你的『全都要奶油餅乾』，還是『吸一點口香糖』？」

「當然是『全都要奶油餅乾』啊。」

小翔語氣堅定的說。

「這是理所當然的啊，如果一開始我就拿到了『全都要奶油餅乾』，根本不會去買『吸一點口香糖』。而且我覺得被騙了，真想把那一元硬幣拿回來。」

女孩聽了小翔說的話，露出燦爛的笑容。她的雙眼亮了起來，不知道在高興什麼。

「我就是想聽你說這句話。謝啦，為了表達感謝，我就不收你的錢了。『全都要奶油餅乾』的威力，一輩子都屬於你。」

女孩愉快的對心裡發毛的小翔輕聲說完，便轉身離開了。

等到那個女孩的背影消失之後，小翔才終於吐了一口氣。他在

不知不覺中冒了一身冷汗，簡直就像是遇到了幽靈，有種不舒服的感覺一直黏在心上。

得轉換一下心情了。只要擁有新的才華，心情也會好起來。

小翔到校時，班上同學早就已經在教室裡了，他們聚在一起，在小翔走進教室時轉頭瞪著他。

小翔立刻察覺到事情不妙了。不過他依然面帶笑容，用開朗的聲音對大家說：

「早安！大家怎麼了？今天都來得很早啊。」

「你不要過來！」

晉也冰冷的聲音，讓小翔忍不住打了一個冷顫。

「為、為什麼說這種話？」

「我們討論過了。」

「沒錯，大家討論後發現，我們都是在被你捏了之後才變得很奇怪，或是表現失常。」

小翔臉色發白。

「你是不是做了什麼？趕快從實招來！」

「慘了，自己做得太過分了。因為從同學身上搶走各種能力，結果被他們發現了。」小翔心裡十分忐忑。

小翔還想要掩飾自己的不安，但是同學個個充滿殺氣，慢慢的向他逼近，他只好逃出教室。

小翔擁有比其他人跑得更快的能力，所以轉眼間就和其他同學拉開了距離，但是同學們並沒有放棄，大家大聲叫著，鍥而不捨的在後面追他。

小翔覺得很害怕，奔跑的速度越來越快。

他就這樣跑出校舍，一路逃到校門外。

這時，學校門口正好在修路。

小翔像子彈一樣衝到馬路上，被寫著「修路中」的柵欄擋住了

去路，但是他衝得太快，一時之間停不下來。

小翔用盡全力跳過柵欄，簡直就像是在參加跨欄比賽，但是他跳過柵欄後，腳下並沒有地面。那裡的柏油路被鏟掉，泥土也被挖了起來，下面是一個很大的坑洞——

小翔就這樣掉進了坑裡。

「嘿嘿嘿。」澱澱在黑暗中笑了起來。她太高興了，一直笑個不停。

「啊啊，太好了，我成功了！那種貪心的小孩太好騙了。可惡的

112

「紅子，你現在應該很慌張吧。你又失去了一樣寶貴的東西，真想看到你流眼淚。嘿嘿嘿！太好了，下次就直球對決，看看誰的零食更有威力。」

可怕的笑聲一直在黑暗中迴盪。

瀧宮翔，十二歲的男孩，用昭和五十四年的一元硬幣，在錢天堂買了「吸一點口香糖」，但在潺潺的慫恿下，選擇了「全都要奶油餅乾」。

4 怪事

錢天堂柑仔店內有許多神奇的零食。

這一天，老闆娘紅子決定要檢查一下寶物箱。

紅子的寶物箱是歷史戲劇中經常出現的那種裝金子的木箱，裡面有許多小瓶子，每個小瓶子裡都裝了一枚硬幣，那些硬幣是來到錢天堂的幸運客人，購買零食或玩具支付的錢。

她這麼細心珍藏這些硬幣當然是有原因的。

當客人掌握幸運妥善運用錢天堂商品的力量時，客人支付的硬幣就會變成金色招財貓，在店裡的零食工房努力製造點心。

但是，如果客人對錢天堂的商品不滿意，或是那些商品造成客人的不幸，硬幣就會變成黑漆漆的不幸蟲，沒辦法對店裡有所貢獻。

隨時檢查寶物箱，了解客人支付硬幣的變化，也是老闆娘紅子的重要工作。

紅子像往常一樣打開寶物箱的蓋子，看到排列得整整齊齊的小瓶子，忍不住露出了笑容。

「哎呀哎呀，這次誕生了兩隻招財貓，我真是太高興了。雖然發

生澀澀從冷凍庫逃走的煩心事，讓我有點鬱悶，不過招財貓誕生的喜悅，讓鬱悶的心情都煙消雲散了。」

紅子說完，便把那兩個瓶子拿出寶物箱，放出瓶子裡的小招財貓。

招財貓一離開瓶子，身體馬上迅速長大，原本跟蠶豆差不多大的體型，一下子變成像馬克杯那麼大。

紅子溫柔的對伸著懶腰的兩隻招財貓說：

「歡迎你們來到錢天堂，希望你們可以做出很棒的零食。」

說完之後，她蓋上了寶物箱的蓋子，準備把箱子放回原來的地

方。這時，一隻黑貓像子彈一樣衝了出來。

牠是店貓墨丸。

「喵喵喵！」

墨丸心急如焚的大叫，紅子的臉一下子變得蒼白。

「怎麼……又出現了嗎？我馬上過去！」

紅子把剛誕生的招財貓放在肩膀上，沿著後方的樓梯走下樓，來到了地下室的零食工房。

金色的招財貓平常都在這裡忙碌的生產零食……但是現在沒有半隻招財貓在工作，牠們全都聚在一起，不知道在圍著什麼東西。

招財貓看到紅子跑了過來，立刻為她讓出一條路。

有一隻招財貓躺在地上痛苦的打滾。

「啊啊，怎麼會這樣！」

紅子急忙把那隻招財貓抱了起來。

「振作點，你趕快振作起來！」

但是招財貓金色的身體慢慢變黑，原本圓滾滾的身體也扭動起來，最後連體型都變了。

原本的招財貓變成了奇怪的蟲子。那隻蟲子長著翅膀，全身像黑暗一樣黑，還有一雙可怕的大眼睛。

蟲子用那雙眼睛用力的瞪視紅子，然後拍著翅膀飛走了。

紅子在原地楞了很久，周圍的招財貓和墨丸也縮成一團，不敢大聲呼吸。

「又有⋯⋯又有招財貓變成了不幸蟲⋯⋯」紅子臉色鐵青，終於擠出聲音這麼說。

「連續發生這種事⋯⋯照理說，不可能會有這種事才對。」紅子小聲的嘀咕著。

「上次是『恐龍汽水』的招財貓出狀況，這次則是『吸一點口香糖』的招財貓出事。照理說，那兩位客人得到了幸運，所以才會有

招財貓誕生……但是為什麼會這樣？只有客人憎恨我們的零食，或是大聲說：『我才不要這種東西！』才會發生這種情況。」

不過，紅子的慌張並沒有持續很久。

她很快就恢復鎮定，露出異常平靜的眼神，看著周圍的招財貓說：

「我猜是有人想要毀掉錢天堂，肯定發生了什麼不好的事。」

「喵，喵？」

「墨丸，你說得對，這絕對不是巧合。這些招財貓好不容易才加入錢天堂，沒想到竟然有人用惡意對付牠們……我絕對不會原諒那

120

個幕後黑手！」

紅子高大的身體冒出了怒火。

「之前闖進工房，做了很多壞事的黑色招財貓還關在和室裡吧？

把那兩隻黑色招財貓帶過來。」

「喵？」

「沒什麼，我要讓那兩隻招財貓幫我找到凶手。會做這種事的……十之八九就是那個人，這次我一定要解決她。」

紅子說完便笑了起來，而且她的笑容看起來很可怕。

5 急驚風麻糬和慢郎中蘋果

希美目前就讀國中二年級，雖然自己這樣說有點不好意思，但她是個慢郎中。如果只是做事慢吞吞並不會對其他人造成影響，但傷腦筋的是她很不守時。

每天早上媽媽都會趕她出門，所以她上學還算勉強不會遲到，但是和同學相約結果就不一樣了，她每次都遲到，從來沒有準時過。

出門前，如果時間還很充裕，她就會放心的覺得「現在還早不

會遲到啦」，想著時間空在那裡很可惜，就跑去看點書或是看電視。

等她回過神時，時間早就已經過了，變成快要遲到的狀況。

一旦發現快要遲到了，她又會覺得「反正都來不及了，現在急急忙忙趕去也沒用」，最後就變成遲到很久，朋友每次都會因為這件事抱怨。

希美也覺得遲到很丟臉，想要改掉這個毛病，但是一直無法成功。

因為希美太常遲到，她的好朋友留美子終於忍不住生氣了。

「你不可以再這樣了！」

留美子的個性和希美剛好相反，她做任何事情都一絲不苟，甚至有點急性子。

她們從小學時期就是好朋友，在很多方面都很合得來，只有在時間的問題上南轅北轍。

「你不守時會讓我心情很差。」留美子很明確的告訴她。

「你人很好，我也很喜歡你，但是說句老實話，我已經快要忍無可忍了。寒冷的冬天讓我在車站的月臺上等三十分鐘，這簡直讓人難以置信。夏天的時候也不輕鬆，我差一點就要中暑了。」

「對不起……」

「你的『對不起』我已經聽膩了。」

留美子說話的語氣仍然很生氣。

「我們不是約好週末一起去看電影嗎？如果你再遲到，我們真的就到此為止了，我不想再和你當朋友了。」

「不、不要這樣。」

「如果不希望發生這種情況，那就請你守時，知道了嗎？星期六的十一點，我們在三鄉車站的驗票口見。我話先說在前頭，這次我連一分鐘都不會等你。」

留美子把話說完，就直接轉身離開了。

希美很慌張，覺得這下真的慘了。

留美子看起來真的生氣了，自己星期六絕對不能遲到。既然這樣，星期六就提前一個小時出門，這樣就可以提早三十分鐘到達約定的地方。只要自己比留美子更早到，她應該就不會生氣了。

這次絕對不能遲到。希美下定了決心。

星期六的早晨，希美很早就起床了，而且真的比約定時間提早一個小時出門。

「太好了，好的開始是成功的一半。走去車站搭電車到三鄉車站

大約十五分鐘，就算電車誤點時間也綽綽有餘，這樣應該不會遲到。」希美在心裡計畫著。

「嗯，太完美了。留美子看到我先到，一定會大吃一驚，到時候我要對她說什麼呢？」

希美想著這些事走在街上，卻突然停下了腳步，因為她似乎聽到有人在叫她。

轉頭一看，她發現眼前有一條小巷。小小的巷弄一直通往深處，看起來有點昏暗，雖然有些令人害怕，但是希美很想走進去。

「不行、不行，我要先去車站，現在面臨的是友情危機，等回來

的時候再去這條巷子看看。」

雖然她這麼告訴自己，但是卻無法移動腳步，不知道為什麼，

無論如何她都想走進去看看。

她突然轉念一想，反正現在時間還早，繞過去看看應該沒什麼問題吧？一定不會遲到的，這條巷子說不定是通往車站的捷徑呢。

她忘記自己以前常常就是因為這種情況而遲到，依舊邁開步伐走進了小巷。

希美覺得自己好像走進了寶藏洞窟，猜想前方一定有什麼很棒的東西在等著她。

她快步往前走，發現小巷深處有一家商店。

那是一家柑仔店，掛著寫了「錢天堂」這三個字的漂亮招牌。

雖然店面不大，但有一種古色古香的味道，感覺是一家很棒的店，而且陳列的商品非常出色——

有貘貘最中餅、幸運餅乾、安靜螃蟹仙貝、珠寶果凍、河童鳳梨、出色派、想見你鯛魚燒、變變變法國麵包脆片、知道了塔、天堂涼粉、天下無敵甜甜圈……

店裡的零食她都沒看過，而且每一樣商品好像都在發亮。

「啊，怎麼這麼有趣！我可以在這裡逛好幾個小時。」

希美陶醉的看著這些零食，把和留美子約好看電影的事忘得一乾二淨。

這時，她看到店裡的牆上貼著宣傳單，白色的紙上用毛筆寫著「本店有銷售急驚風麻糬」，這幾個字看起來蒼勁有力。

希美一看到那張紙，就像是被雷打到那樣，大受衝擊。

「急驚風麻糬！這個名字聽起來好厲害，我想要！雖然不清楚那是什麼東西，但是這簡直就是為我量身打造的！」

正當她湧現這種想法的時候，有個人影從店裡慢條斯理的走了出來。

那個女人比希美高很多，身材像是相撲選手一樣，雖然臉蛋看起來很年輕，但是頭髮全都白了。她穿著一身紫紅色的和服，從她的樣子和渾身散發出的感覺，就知道她不是普通人，整體看起來氣勢驚人。

女人的手腕上掛著一個手提袋，似乎正準備要出門，但她一看到希美，立刻露出滿面笑容。

「哎呀呀，原來有客人啊，真是運氣太好了。我打算出門辦點事，如果早一步出門，就沒辦法賣零食給客人了。請問你有什麼心願呢？不管有什麼心願都儘管說出來，還是你已經找到想要的零食

了呢？」

女人像在唱歌似的詢問她，希美雖然感到驚訝，但還是戰戰兢兢的開了口。

「請、請問⋯⋯那裡寫的『急驚風麻糬』是什麼？」

「喔，你是問這個嗎？『急驚風麻糬』是吃了之後會變得有點急躁的麻糬，可以讓不守時的人變得很守時。如果是個性本來就很急躁的人，那就不推薦這種零食，不過我覺得它非常適合你。」

女人對她這麼說，好像完全看透了希美的性格。

「讓性格變得有點急躁的麻糬？怎麼可能會有這種東西？她是在

「調侃我嗎？」

希美在心裡這麼想著，卻越來越想要急驚風麻糬了。好想要，好想要，想要得不得了。

「我要買這個！」

「那請你先付錢，這個麻糬要五十元。」

希美拿出錢包裡的五十元硬幣交給女人，女人再度露出了笑容。

「沒錯，平成十年的五十元硬幣，就是今天的寶物。我馬上為你準備『急驚風麻糬』，請稍等一下。」

女人說完便走進店內深處，拿出一個很大的炭爐和扇子。她把

炭爐放在店外，用火柴點燃了炭，然後把一塊四方形的小麻糬放在炭爐的鐵網上。

接著，女人開始俐落的烤麻糬。她一邊用扇子搧風，一邊在麻糬上抹醬油，確認麻糬是否烤得均勻。

四周瀰漫著醬油微焦的香氣，希美忍不住吞了一口口水。

「看起來好好吃，可不可以快點烤好？」希美忍不住這麼想著。

麻糬終於膨了起來。女人又抹了一次醬油，才把麻糬從網子上拿起來，用一片海苔包好之後遞給希美。

「給你，現在麻糬還很燙，小心別燙到舌頭了。」

希美高興的接過剛烤好的「急驚風麻糬」，張大嘴巴咬了一口。

「太、太好吃了！」

麻糬烤得剛剛好，海苔和醬油的香氣也相得益彰，Q彈的咬勁更是讓人欲罷不能。

希美忘我的吃著麻糬，才一轉眼的工夫就全都吃完了。吃完零食，她才突然回過神。

「慘了！我竟然忘記時間了。」

她低頭看手錶，發現已經過了很長一段時間，如果繼續磨蹭，很可能會無法趕上和留美子約定的時間。

平常遇到這種情況，希美都會想著：「應該來不及了，現在匆匆忙忙的趕過去也一樣，還不如慢慢來」，在努力之前就早早放棄。

但是，今天不一樣。

「只要抓緊時間，或許還來得及。只要盡全力奔跑，搞不好可以趕上。」

希美在這樣的心情驅使下，開口詢問柑仔店的女人：

「不好意思，請問有沒有通往車站的捷徑？」

「只要沿著那條路直走就到車站了。」

「謝謝你！」

希美匆忙道謝後拔腿狂奔。她跑到女人說的那條路，很快就離開了巷子，外頭剛好就是車站旁邊的那條路。

她全速衝進驗票口，然後衝上手扶梯，剛好趕上了駛入月臺的電車。

「太好了！」

就這樣，雖然她剛才閒逛了一陣子，最後卻在十一點前趕到了約定的地點。

她看向時鐘確認時間，發現現在距離十一點還有十分鐘。留美子還沒有到，自己真是太厲害了，以前從沒發生過這種情況。

希美上氣不接下氣的喘著氣，但是突然感到很高興。

這是她第一次沒有遲到，能在約定的時間內抵達，感覺心情特別的好。

「這一定是吃了『急驚風麻糬』的效果。那個女人說這種麻糬可以讓人變得有點性急，而且會變得守時。原本還以為她是在開玩笑，沒想到她說的話可能是真的。如果這是真的，那自己就太幸運了。」從此以後，留美子和其他朋友就不會再對自己生氣，也不會覺得希美無藥可救了。

希美興高采烈的哼著歌等待留美子出現。

但是等了五分鐘，依然沒有看到留美子的身影。以前留美子總是得意的說：「我都會比約定時間提早五分鐘抵達。」

希美又等了五分鐘，但是到了約定的十一點，留美子仍然不見蹤影。

留美子要是再不來，可能會趕不上電影開場的時間。她怎麼還不來呢？

希美很著急，這種著急漸漸變成了不安。

「留美子不可能會遲到，她該不會是在來這裡的路上發生了什麼意外吧？」希美心裡閃過各種念頭。

她急忙拿出手機傳訊息給留美子，但是留美子也沒有回覆，這讓希美更加不安了。

「唉，留美子怎麼這樣！如果會遲到，至少也該打電話通知一下啊！」

想到這裡，希美突然想起了一件事——

仔細一想，這不就是自己以前對朋友做的事嗎？

沒錯，希美以前總是遲到，讓大家等很久。因為她從來沒有想過，等待竟然會讓人這麼焦慮不安。現在她終於體會到了，自己以前真的很對不起留美子和其他朋友。

「我真是太差勁了……」

希美直到這一刻才終於深刻反省。

最後，留美子比約定的時間晚了七分鐘。

「希美，對不起，真的很對不起！」

「太好了！我還以為你出了什麼意外。」

「對不起！」

「沒關係，我們趕快走吧，電影快開場了！」

她們就這樣急急忙忙的走向電影院。

希美快步的走著，同時開口說：

「我沒想到你會遲到。發生什麼事了嗎？為什麼沒有回我訊息？」

「我的手機沒電了，又忙著處理一些事情，結果就耽誤了出門的時間，真的很對不起。」

「……」

希美忍不住停下了腳步。

手機沒電？耽誤了出門的時間？這完全不像是留美子的作風。

留美子做事向來有條不紊，簡直到了有點神經質的程度。

希美緊張的問：

「你該不會是感冒了吧？還是發燒了？」

「沒有沒有，我的身體沒問題，不是你想的那樣……不過，今天會發生這樣的事，我大概知道是什麼原因。」

留美子害羞的低下了頭。

「上次我不是因為你遲到的事很生氣，說了重話嗎？那天之後，我反省了一下，覺得可能是我自己太性急，所以才把事情想得很嚴重，所以決定要學著放慢腳步。在我產生這樣的想法之後，有個奇怪的女孩向我搭訕，然後給我一種很神奇的零食。」

希美大吃一驚。神奇的零食？該不會……

「留、留美子，給你零食的人，是不是一個個子高大，而且有著一頭白髮的阿姨？」

「你在說什麼啊？完全不是。給我零食的人，看起來是個就讀小學二年級的女孩，她雖然長得很漂亮，但是聲音好像老太婆⋯⋯這麼說好像很壞，但她看起來有點可怕。她好像知道我的煩惱，所以遞給我一個鮮紅的蘋果糖。她說那個零食叫做『慢郎中蘋果』，吃了之後就會放慢腳步。我也不知道為什麼，竟然相信了她的話⋯⋯」

「所以你吃了嗎？」

「嗯，吃了之後我覺得自己真的放慢了腳步。雖然這樣不全然是

壞事，但是今天這樣真的太糟糕了，我完全沒想到自己會遲到⋯⋯

對不起，你聽了是不是也覺得很難相信？」

「不，我相信你。」

「真的嗎？」

「當然是真的，因為我也吃了神奇的零食，只不過我是在柑仔店買的。」

希美說完，便把自己去錢天堂柑仔店的事，還有買了「急驚風麻糬」的事，全都告訴了留美子。

「所以⋯⋯你也吃了神奇的零食？」

「對，所以我現在變得有點急性子。」

「怎麼會這樣？我好不容易才為了你變成慢郎中。」

「我也一樣啊，我也是為了你，才想讓自己變成急性子。」

她們看著彼此，忍不住放聲大笑起來。無論是自己的事，還是對方的事，都太好笑了。

「我們真是太傻了！」

「就是說啊！但是你不覺得這種傻也不錯嗎？」

「你說得對！啊，電影！」

「糟糕，要加快腳步了！留美子，我們用跑的。」

「咦？你不覺得乾脆看下一場比較好嗎？」

「不行啦！如果看下一場，不是沒時間逛街買東西了嗎？快跑

啦！」

希美抓著留美子的手跑了起來。

那天傍晚，希美癱倒在家裡的沙發上。

「今天一整天真是累壞了。」

希美和留美子趕上了電影的放映時間，電影很好看，但是之後

很不輕鬆。

電影結束後，希美想趕快離開，去家庭餐廳吃飯。留美子則是想要看完片尾字幕，還想要買周邊商品和電影簡介。

在家庭餐廳，希美很快就點好了自己想吃的餐點，而且很快就吃完了。可是留美子遲遲無法決定到底要吃什麼，而且吃飯的速度也超慢。

希美在一旁覺得很著急，也很受不了，但是留美子反而說她：

「你今天太急躁了。」

最後，她們得出了結論──

「雖然我們的角色互換了，但一切還是老樣子。」說完，兩個人

都大笑起來。

「真是一點都沒變。」回想起這件事，希美忍不住笑了出來，接著站起身。

雖然午餐吃得很飽，還吃了蛋糕，但是她仍然覺得有點餓。今天爸爸、媽媽要去外面吃飯，乾脆泡一碗杯麵來吃吧。

希美立刻燒了開水，準備泡麵。把熱水倒進去，三分鐘後馬上就可以吃了。

但是……今天的希美等不了三分鐘。

「把調味粉放進去也要花一點時間，我不想吃以前那種泡糊掉的

麵，現在就打開蓋子享用吧！」

結果泡麵還很硬，即使用筷子戳，也無法把麵條分開。

「嗯，好像太早打開蓋子了。」

只要再等一下，麵應該就會變軟，但是希美等不及了，她夾起還很硬的泡麵吃了起來。

她以前都是吃泡得很糊的泡麵，沒想到「急驚風麻糬」的效果，居然也會發揮在這種事情上。

「吃了『慢郎中蘋果』的留美子，不知道以後會不會一直吃泡糊掉的泡麵。」

希美想像留美子一臉無奈的吃著泡得軟趴趴泡麵的樣子，忍不住噗哧一聲笑了出來。

錢天堂的老闆娘紅子，來到一間黑暗中的小屋。她拿在手上的手提袋，裡頭好像裝了什麼生物，在手提袋裡拚命動來動去。

「看來似乎就是這裡。你們安靜點，我很快就會讓你們見到你們的主人。」

紅子摸著手提袋，走進了小屋。

小屋內空蕩蕩的，沒有半個人影也沒有傢俱，只有牆上掛著兩

面圓形的鏡子。不過這兩面鏡子都碎了，地上滿是鏡子的碎片，看來是有人生氣得用拳頭把鏡子砸破了。

紅子小心翼翼的探頭查看打碎的鏡子碎片，這兩面鏡子的碎片，分別映照出兩名不同的少女。其中一位是向紅子購買「急驚風麻糬」的少女，另一位少女的身上，則有「倒霉堂」的零食味道。

「原來是這麼一回事啊。」

澱澱看到那名少女買了「急驚風麻糬」，就把自己的零食賣給少女的朋友。澱澱一定是想讓少女的朋友變成慢郎中，讓她們兩個人交惡，然後讓少女後悔自己不該吃「錢天堂」的零食。

但是，鏡子中的兩名少女都笑容滿面，對自己吃的零食感到很有趣。即使因為得到的能力帶來了麻煩事，也笑著認為「這是無可奈何的事」。對想要操縱惡意的潑潑來說，這兩位堅強又開朗的少女是最可怕的敵人。

不管發生任何事，都無法讓這兩名少女後悔，所以潑潑一定是氣急敗壞的打破了鏡子，不知道跑去哪裡了。

紅子繼續等了一陣子，但是潑潑依然沒有回來。

「潑潑似乎是打算拋棄這個藏身之處……那只能請你們繼續尋找你們的主人了。」

紅子對在手提袋裡掙扎的東西說完，便離開了小屋。

佐野希美，十四歲的女孩。平成十年的五十元硬幣。

6 如魚得水汽水和
一馬當先糖

目前就讀小學三年級的彩音個子很嬌小，身高只有一百零九公分，不僅是全班最矮，更是全年級最矮的學生，就算她說自己是一年級學生，別人也會相信。

不久之前，身高的問題還是彩音的煩惱。

因為她太矮了，大人都看不到她，一搭上擁擠的電車，她整個

人都快被壓扁了。只要在年底去百貨公司或是遊樂園這種擠滿人的地方，她很快就會被人群淹沒，在人群中被推來推去。

所以彩音很討厭人多的地方。雖然很想去遊樂園或是熱門的運動公園玩，但每次都會和父母走散，變成迷路的小孩真的超痛苦，而且哥哥還會抱怨：「光是找你就浪費了一大堆時間，根本沒時間好好玩。」

她很想解決這個問題，有沒有什麼解決辦法呢？

彩音為這個煩惱困擾許久，但是有一天，她感受到一股神祕的力量，把她引導到一家神奇的柑仔店。那家店門口有很多彩音從來

沒有見過的零食，還有一個很高大的阿姨，身高差不多是她的兩倍。

如果自己長得像阿姨這麼高，體型也像她這麼壯，這麼一來，就算面對再擁擠的人群也不用怕，而且也不會和家人走散了。

彩音露出羨慕的眼神看著阿姨。阿姨對她說這裡是名叫「錢天堂」的柑仔店，絕對能找到她想要的零食。

說完，阿姨請她進入店內。

店裡有更多零食和玩具，還有一個透明的小冰箱，裡面放滿了果汁和飲料。

冰箱裡有一瓶叫做「如魚得水汽水」的飲料，彩音忍不住盯著

它看。

藍色的飲料閃閃發光，裝在魚兒造型的細長瓶子中。彩音第一眼看到它就很想要，於是就用昭和三十九年的十元硬幣把汽水買下來了。

「如魚得水汽水」的瓶子背面，寫了這樣的文字：

熱門觀光景點、早晨通勤尖峰時間……向害怕擁擠的你推薦這瓶「如魚得水汽水」。從今以後，你就可以擺脫被人踩到腳或是被人撞到的煩惱了！

瓶子上寫的這些文字簡直就像是在做夢，彩音很希望這是真的，所以決定要把汽水喝下去。

其實彩音不太喜歡汽水，因為喝汽水時嘴巴和喉嚨都會感覺刺刺的，不過她覺得「如魚得水汽水」好喝得不得了。

汽水在淡淡的甜味中添加了檸檬的清新風味，氣泡經過喉嚨的感覺很舒服。

彩音一口氣把汽水喝完，突然變得大膽起來。

她覺得自己現在去擁擠的人群中應該也不會有問題。

彩音把喝完的空瓶放進背包，然後大步向前邁進。

她要去附近的車站。車站周邊有大型超市、藥妝店和書店，每到傍晚，下班的大人和買菜的家庭主婦，總是把車站前擠得水洩不通，以前的彩音絕對不會靠近那裡。

但是，那天的她衝進了黑壓壓的人群。

結果出乎意料——

彩音像一條小魚一樣，輕鬆的在人群中鑽來鑽去，完全沒有撞到任何人，也沒有被擠到其他地方。

才一眨眼的工夫，她就穿越了人群。

彩音不敢相信，沿著剛才的路又走了回去，結果和剛才一樣，

完全沒有遇到任何阻礙。平時只要一走進人群，她很快就會迷失方向，沒想到今天竟然一下子就走出來了，這應該就是「如魚得水汽水」的功效。

「太好了。」彩音高興得跳了起來。

那天之後，彩音終於擺脫了過去的煩惱，即使到人潮洶湧的地方，她也能像魚兒在水裡游泳般順利前進，並且成功抵達她要前往的目的地，不會再因為走失造成家人和朋友的困擾。

「能喝到『如魚得水汽水』真是太好了！」

彩音覺得非常滿足。

164

後來有一天，剛好是商店街的特賣日，所以街上人滿為患。那時她走在路上，突然被人抓住手臂拉進了小巷子。

彩音大驚失色的轉頭一看，發現身旁有一個女孩。那個女孩穿了一件黑色和服，雖然她長得很漂亮，但是那雙銳利的眼睛讓人覺得不能輕忽大意。

那個女孩用又粗又沙啞的聲音，直截了當的對她說：

「你有很厲害的能力，該不會是去了『錢天堂』吧？」

「你、你怎麼知道？」

彩音大吃一驚，忍不住開口反問。比起害怕和憤怒的情緒，她

更感到驚訝。

女孩笑了起來，紅色的嘴唇彎成了月牙的形狀。

「你在人群中走得那麼輕鬆，我當然看得出來。你真厲害，到底是買了什麼才擁有這種能力？趕快告訴我吧。」

女孩輕聲細語的詢問，讓彩音感到很得意。

她從來沒有把「如魚得水汽水」的事告訴任何人，就連家人和朋友都沒說，因為她覺得說了別人也不會相信。但是這個女孩知道錢天堂，所以一定會相信自己說的話。

彩音滔滔不絕的說了起來。

女孩聽完之後，一臉佩服的點了點頭說：

「原來如此，你喝了『如魚得水汽水』。你挑了一個好商品，真的很聰明呢。」

「對吧？嘿嘿嘿。」

「可是啊⋯⋯你不覺得只有『如魚得水汽水』還不夠嗎？」

「咦？」

「既然能暢行無阻，你沒有想過擁有特等席會更好嗎？」

說完，那個女孩拿出一個圓形的小瓶子，瓶子裡頭裝滿了星星形狀的淡紫色金平糖。

「這個是『一馬當先糖』，只要吃了它，即使前面排了很長的隊伍，你也可以變成第一個。」

「這怎麼可能呢？『如魚得水汽水』只能撥開人群，卻無法改變排隊的順序。比方說，排在後面的人不顧順序直接走到前面的話，不是會被那些乖乖排隊的人罵嗎？但是，只要你吃了『一馬當先糖』，就算插隊也沒關係，因為你永遠都會在隊伍的最前頭，不用為了結帳排很長的隊伍，也可以買到限量的玩具和遊戲。怎麼樣？是不是很棒呢？你不不想要這樣嗎？」

「『如魚得水汽水』不是也可以做到這件事嗎？」

168

彩音聽著那個女孩說的話，不知不覺的心動了，她無論如何都想要得到「一馬當先糖」。

女孩看到彩音露出渴望的眼神，於是笑著把瓶子交給了她。

「咦？」

「送給你，這個零食才適合你。」

「可、可以嗎？真的要送給我嗎？」

「對啊，但是一個星期之後，我會來問你的感想。呵呵，不知道你到時候會說什麼，我很期待喔。」

那個女孩說完，就在小巷深處消失了蹤影。

彩音立刻打開一馬當先糖的瓶蓋。

雖然父母和老師教過她「不能隨便吃陌生人送的東西」，但是這應該是指不能吃大人送的東西，小朋友送的應該沒問題。

彩音為自己找了藉口，拿起一顆「一馬當先糖」放進嘴裡。

一馬當先糖的形狀看起來有很多稜角，但是入口即化，簡直就像雪花一樣，很快就在舌尖上融化了。雖然隱隱約約的有點苦味，不過很快又被甜味取代了。

彩音愛上了這種甜味，欲罷不能的吃了一顆又一顆，最後把瓶子裡的一馬當先糖全都吃光了。

「瓶子裡應該多裝一點糖果才對。」彩音舔了舔嘴脣，看向商店街的方向。

好，自己已經吃了魔法糖果，現在就來試試效果。

這條商店街上有一家超紅的可樂餅店，那家店的可樂餅物美價廉，每天都大排長龍。排隊購買的時候，常常輪到自己就賣完了。

現在她吃了「一馬當先糖」，搞不好可以順利買到。

彩音走向可樂餅店。跟平常一樣，那裡已經有二十幾個客人在排隊了。

怎樣才能發揮「一馬當先糖」的效果呢？不理那些排隊的人，

直接走到隊伍最前面嗎？不行，這樣太囂張了，還是先排在隊伍最尾端吧。

彩音走過去排隊，沒想到奇怪的狀況發生了。

排在她前面的人，接連離開了隊伍。

「現在可不是買可樂餅的時候。」

「我想起來了，宅配的人四點要來送貨。」

「糟糕！我好像忘記鎖家裡的門了！」

那些人嘀嘀咕咕的說著這些話，一個接著一個離開了。

一轉眼，彩音就站在隊伍的最前面了。店員面帶微笑的對大吃

一驚的彩音說：

「歡迎光臨，請問你要買什麼？」

「啊……好，那個，請給我一個可樂餅。」

「好！一個可樂餅。這是剛炸好的，你很幸運喔。」

彩音從店員手中接過熱騰騰的可樂餅，回頭一看，發現後方又排了長長的人龍。

她在回家的途中邊走邊吃可樂餅，感受著幸福的滋味。

「我真的好幸運。先買到了『如魚得水汽水』，然後又得到了『一馬當先糖』。能吃到兩種魔法零食的幸運兒應該很稀有，啊，我

「太幸福了。」

彩音感受著這種幸福回到了家裡。她駝著背垂頭喪氣的走路，所以看起來更矮了。

一個星期過後，彩音一臉不悅的在商店街走動。

就在這時，有人叫住了她。

「喂，你怎麼了？」

一個身穿黑色和服，剪著妹妹頭的女孩站在旁邊的小巷深處，她就是上次給彩音「一馬當先糖」的女孩。

彩音一看到她，氣得睜大了眼睛。

她跑向那個女孩，一口氣說著自己這一個星期過得有多慘。

「簡直糟糕透頂！那天之後發生了很多不好的事！雖然結帳不用排隊很輕鬆，但是老師每天都第一個點名叫我站起來回答問題！如果按照座位順序，明明不該輪到我回答家庭作業的答案，但是每次都是第一個叫我，真是糟透了！」

體育課的時候，練習單槓和跳箱老師也總是第一個叫她，這對個性內向的彩音來說，簡直就是地獄。

而且，她竟然還當上了班長。全班同學都推薦她，說什麼「班

長是班上最重要的工作，彩音同學是最適合的人選。」什麼班長嘛，她根本就不想當。

彩音訴說著內心的不滿和憤怒，女孩則是發自內心的表示同情。

「哎呀，真是辛苦你了。」

「你是不是早就知道會這樣？」

「這怎麼可能呢？我完全沒想到會有這種效果。」『一馬當先糖』只會在對自己有利的事情上一馬當先。

「那我為什麼會遇到那些倒霉事？」

「一定是因為食物相剋，這是唯一的可能。」

女孩一臉得意的說。

「食物相剋？」

「沒錯。『如魚得水汽水』和『一馬當先糖』相剋，當你吃了兩種相剋的食物，就會產生負面的影響，這就是造成這種狀況的原因。」

「怎麼會……那我該怎麼辦？我絕對不要繼續這樣下去。」

「別擔心，」女孩笑了笑，「既然這樣，你可以二選一，到底是要『如魚得水汽水』的威力，還是『一馬當先糖』的威力？」

「選了之後會怎麼樣？」

「你想一下就知道了。你選擇的零食效果會留在你身上，另一個零食的效果則會消失，這麼一來，就不會再發生倒霉的事了。你要想清楚再決定……如果是我，我會選擇『一馬當先糖』。」

女孩用甜甜的嗓音小聲說：

「你很快就會長高，因為接下來就是你的成長期，到時候就算沒有『如魚得水汽水』的威力，你也不用害怕人群了。不過『一馬當先糖』的威力，你可就沒辦法輕易得到了，這點你應該了解吧？」

女孩的呢喃打動了彩音的心。

沒錯，她說得對。考慮到以後的事，絕對是「一馬當先糖」更

有用。

「沒錯，那我選『一馬當先糖』。」

「聰明的選擇。那麼，請你大聲的說：『早知道就不要喝也不要

買錢天堂的如魚得水汽水了。』」

「我知道了。」

彩音吸了一口氣，大聲的說：

「早知道就不要喝、也不要買錢天堂的如魚得水汽水了！」

彩音話一說完，就覺得有什麼東西離開了自己的身體，一條像

是透明小魚的東西溶化在空氣中。

彩音的內心很不安，覺得自己好像放棄了重要的東西，做了無法挽回的事。

但是，眼前的女孩顯得十分高興。

「很好，這樣『一馬當先糖』就屬於你了，你要妥善使用喔。再見了。」

「咦？你要走了嗎？」

「當然啊，你的事已經搞定了，我等一下要去找我一直想找的人，我要找那個男人好好算帳。」

女孩露出邪惡的笑容，消失在小巷深處。

彩音慢吞吞的準備離開小巷時，突然有個高大的人影出現在她面前。

彩音嚇了一跳，忍不住叫了起來。

那個高大的人影就是神奇柑仔店的阿姨，她的手上抓著兩條繩子，繩子的前端是兩隻脖子上繫著鈴鐺的小黑貓，牠們到處東張西望，不悅的發出喵喵喵的叫聲。

阿姨看向巷子深處，然後皺起了眉頭。

「真可惜，我似乎晚了一步，早知道就要更快來這裡……咦？」

阿姨發現了彩音，歪著頭說：

「你不是上次……你該不會遇到了穿黑色和服的女孩吧？」

「對、對啊。」

「她是不是給了你什麼東西？所以你放棄了本店的『如魚得水汽水』，對不對？」

阿姨用一臉悲傷的表情問她，彩音也感到很難過。

「因、因為她說兩種食物相剋。」

「相剋？那是什麼意思？」

彩音把自己和女孩的對話全都告訴阿姨，看到阿姨露出遺憾的表情，她恍然大悟的問：

「我是不是被騙了？她說兩種食物相剋是騙我的嗎？」

「怎麼會這樣……」

「很遺憾，你說對了。」

彩音哭喪著臉，越來越覺得自己不應該放棄「如魚得水汽水」的威力。不過阿姨似乎更關心那個女孩的事，急匆匆的詢問彩音：

「請你告訴我，那個女孩有沒有說什麼？請你把她說的話告訴我，任何話都可以。」

「咦？呃……她說要去找一直想找的男人，還說要找他算帳。」

「算帳……男人……喔，我知道了，一定是那個人。」

柑仔店阿姨眼睛一亮，彩音覺得她原本就很高大的身體好像更高大了。

「謝謝你，你幫了我大忙。」

阿姨說完便轉身離開，彩音忍不住追了上去。

「等、等一下，我想再買一次『如魚得水汽水』！拜託你，請你再賣給我『如魚得水汽水』！」

阿姨緩緩搖了搖頭說：

「這可不行。一旦放棄的東西，就無法再回來了，我相信你心裡也很清楚這件事。」

「嗚⋯⋯」

「好了好了，你不用露出這麼失望的表情，」阿姨繼續安慰她，

「這又沒什麼，是你自己選擇放棄『如魚得水汽水』的嘛。幸運或不幸只在轉念之間，不要去想自己失去的東西，而是要專注在自己得到的東西上。只要不後悔，好運就會回到你身上，別擔心。」

阿姨笑著說完，便牽著不停掙扎的貓咪離開了巷子。

彩音回過神後，覺得心情輕鬆多了。看到阿姨的笑容，她沉重的心情便消失了。

「對啊，我為什麼要沮喪呢？那個女孩或許騙了我，但是是我自

己選擇了『一馬當先糖』的威力。既然這樣，我要好好利用一馬當

先的效果，這樣一定可以忘記『如魚得水汽水』的事。

「這樣就行了。」彩音這麼告訴自己，走上回家的路。

百瀨彩音，九歲的女孩。雖然用昭和三十九年的十元硬幣買了

「如魚得水汽水」，但在潺潺的慫恿下選擇了「一馬當先糖」。

7 絕交魷魚乾

可惡，太讓人嫉妒，太可恨了。

雅人無法克制內心不斷湧起的負面感情。

他嫉妒的對象是一對夫妻——吉田健司和笹井紀子。他們原本是雅人的同事，在他們共同任職的公司倒閉之後，兩個人就結婚了，目前恩愛的開了一家「深夜咖啡店」。最近網路和電視上都介紹了他們的店，咖啡店的生意似乎越來越好了。

相較之下，雅人的狀況又怎麼樣呢？雖然他勉強進了一家新公司，但是薪水大幅下降，連女朋友都跟他提分手。反正他眼前的狀況，就是做什麼事都很不順利。

有一天晚上，雅人精疲力竭的回到單身小公寓，在堆滿垃圾的骯髒房間裡吃完便利商店的便當，就倒在從來不摺的被子上。

他的睡意遲遲不出現，明明很累，腦袋卻靜不下來。

好悲慘。一個人灰頭土臉的回到又小又髒的家，真是太沒出息了。

如果有女朋友，還可以和女朋友聊很多事，有問題也可以互相商量，心情應該會輕鬆許多。

但是，雅人身旁沒有半個人。他孤單一人，只有自己無依無靠。

寂寞籠罩他的同時，他的內心又再度湧現了對那對幸福夫妻的嫉妒。

「為什麼好事都被他占盡了！」

他尤其痛恨吉田健司。

吉田健司土裡土氣的，是個老實得有點傻氣的男人。明明自己忙得要命，卻還幫忙別人做事整天加班。

「那種傻瓜一樣的男人可以結婚，我卻被女朋友甩了，這簡直太沒道理了。」

這天晚上，雅人輾轉難眠。到了隔天早上，他昏昏沉沉的去公司上班。

「唉，真不想上班。」主管交代他的工作遲遲沒有進展，可能又要挨罵了。

「煩死了，我已經很努力了……現在這個時間，健司應該正在吃紀子做的美味早餐吧。可惡！」

「我能理解，真的很可惡。」

一個沙啞的聲音鑽進了雅人的耳朵。

回頭一看，有個女孩站在他身後。那個女孩很漂亮，穿著像日

本娃娃的黑色和服，白色的皮膚吹彈可破，深藍色的頭髮剪成妹妹頭，但是她的眼睛看起來不像小孩，眼中蘊藏的黑暗讓人寒毛直豎。

雅人覺得自己被她眼中的黑暗吸引了，心想：

「她應該能了解我現在的心情，她一定能助我一臂之力。」

那個女孩果真點了點頭說：

「我了解，你的嫉妒和憎恨在內心翻騰，一定很痛苦吧？」

「你、你怎麼……」

「我當然知道，因為我能聽到嫉妒和憎恨的聲音……你討厭的人是不是他們？」

女孩翻開手上的雜誌，指著裡頭的報導問。

雜誌上大大的寫著「別出心裁！只在深夜營業的時尚咖啡店！」而且還有健司和紀子的合影。

向老闆夫婦請教深受好評的祕訣！

雅人看到他們的笑容，情不自禁的大叫：

「他、他們怎麼可以這麼幸福？太沒天理了。」

「對啊，真沒天理。」

女孩的怨恨絲毫不比雅人遜色，她露出了咬牙切齒的表情。

「尤其是這個叫健司的人，他一定要不幸才行。他吃了我店裡的

『睡不著仙貝』，但是他的老婆運勢很強，只要這個女人陪在他身

旁，健司就會幸福下去……所以，你要去拆散他們。」

女孩從懷裡拿出一樣東西，塞到雅人的手上。

那是一片大小跟明信片差不多的魷魚乾，裝在透明的袋子裡，還附了一個鉛筆形狀的容器，裡面裝滿了黑色液體。

「這個零食叫『絕交魷魚乾』。」

女孩的聲音變得很甜膩，好像毒液般滲進了心裡。

「只要用醬油筆，在魷魚乾平坦的地方寫上想要拆散的兩個人名，然後在深夜時分前往墓地，把魷魚乾直直撕開吃下去，就可以

拆散你痛恨的人。」

「真、真的可以嗎？」

「對，這樣就可以澈底斬斷他們之間的緣分。到時候他們會相看兩相厭，自然婚姻生活就無法再繼續了。他們分開之後，這輩子再也無法見到彼此，畢竟緣分斷了就是這麼一回事。」

女孩說出的話很可怕，雅人聽了忍不住倒吸一口氣。

他的腦袋裡有個聲音小聲的說：「這很危險，不能和她扯上關係，不能聽她的話。」

但是「絕交魷魚乾」更加吸引他，「只要能破壞健司和紀子的幸福……如果真的做得到，一定要試試看！」雅人內心不禁想著。

女孩露出甜美的笑容，在最後推了雅人一把。

「你很討厭他們對吧？是不是很想拆散他們？」

「對，我想拆散他們！」

「所以你願意採取行動，對嗎？」

「當然！」

「呵呵呵，我就知道，我到時候也會來看進行的情況。今晚，我們就在這個墓園見，那我先走了。」

女孩說完便轉身離開了。

這時，雅人才發現自己正站在墓園旁。

今天晚上要在這個墓園吃「絕交魷魚乾」，健司的幸福只到今晚為止了。

雅人露出得意的笑容，小心翼翼的把「絕交魷魚乾」放進公事包，朝著公司的方向走去。

這天，雅人在工作上一直犯錯，但是就算被上司痛罵、被同事嫌棄，他也完全不在意，滿腦子只想著今晚的事。

真想趕快使用「絕交魷魚乾」——只要把他們兩個的名字寫在魷魚乾上，然後在夜晚的墓園把魷魚乾撕開，吃進肚子裡就行了！

真是太期待了。

「嘿嘿，嘿嘿嘿！」

雅人忍不住偷笑起來，同事看著他，感到一陣毛骨悚然。

他在晚上八點多下班，一走出公司，就直奔約定好的那個墓園。

「趕快，要趕快去那裡！我要讓他們不幸！可惡的健司，我要給你好看！」

雅人在憎恨和嫉妒的驅使下，快步走向墓園。他陰森可怕的樣子，讓附近的行人紛紛讓開了路。

但是，有個人擋住了他的去路。

「你不可以這麼做。」

聽到那個平靜的聲音，雅人回過神，看向說話的人。

眼前有個高大的女人，她的個子比雅人高，身穿一件古錢幣圖案的紫紅色和服，一頭白髮上插著五顏六色的玻璃珠髮簪，從容不迫的低頭看著雅人。

雅人被她福態的臉嚇到，覺得她完全看透了自己的心思。

「我知道你想幹什麼。」

雅人覺得眼前的女人好像在對自己這麼說，突然感到羞愧不已。

他無地自容、咄咄逼人的說：

「你擋到我的路了，讓開。」

但是那個女人並沒有讓開，只是露出憐憫的眼神看著雅人。

雅人用小孩子般緊張的聲音大叫，但是女人靜靜的對他說：

「即使你做這種事，也無法得到幸福。」

「你、你在說什麼！」

「你不可能因此得到幸福，那只是暫時洩憤而已。你並不是壞人，只是有點自暴自棄，所以暫時迷失了自己，當你恢復理智之後，一定會極度後悔。為了你自己好，千萬別做這種事，絕對不要去破壞別人的幸福。」

「幹麼？你找我有什麼事？你到底是誰啊？」

女人一針見血的話，讓雅人臉色發白。

「這個女人什麼都知道。」

雅人想要逃走，但是他雙腿顫抖完全無法用力。他覺得既害怕

又丟臉，不顧一切的大聲叫喊。

「為什麼！只有他們兩個人幸福太不公平了！我恨他們，我很痛

苦，你怎麼可能了解我的心情！」

「我當然不了解。」女人很乾脆的說：「雖然你一直說恨，但是

紅子我感覺到的卻是你內心的寂寞。你是不是很孤單呢？」

「呃⋯⋯」

「寂寞？我很寂寞？不對，我只是痛恨他們，只是想要毀了健司和他的老婆。」

雅人想要這麼回答卻說不出任何話。

他完全被打敗了，雅人洩氣得低下頭。

「我真是無可救藥。因為自己不幸，所以也想讓幸福的人像我一樣不幸，這簡直太可恥了。」

但是更可恥的是，他也捨不得丟掉「絕交魷魚乾」。

好丟臉，太不像話了。雖然他發自內心這麼覺得，卻還是無法捨棄「絕交魷魚乾」，明明知道只要不丟掉它，自己遲早還是會想要

拿出來用。

這時，女人從掛在手腕上的手提袋裡，拿出一個四方形的鐵

罐，遞到他面前說：

「和你商量一件事，你要不要跟我交換呢？」

「交、交換？」

「對，我認為這罐『款待茶』更適合你。我想用這個和你放在公

事包裡的東西交換，你覺得如何？」

雅人打量著女人遞給他的鐵罐。

鐵罐上畫滿了快樂的畫面，許多人在笑著喝茶，鮮豔的色彩讓

他被黑暗填滿的心再次充滿明亮的色彩。

「啊啊，我想要，我好想要這個。」

雅人用顫抖的手拿出「絕交魷魚乾」。

當他把「絕交魷魚乾」交給女人時，內心突然湧起「我不想給她！」的不安。但是當他接過「款待茶」時，內心又充滿了歡樂，

而且也鬆了一口氣，感覺自己的生命在千鈞一髮之際獲得了救贖。

雅人像是終於擺脫了瘟神，一臉平靜的緊緊抱著「款待茶」。

女人對他笑了笑說：

「太好了，我們做了一筆很棒的交易，請你好好享用『款待

茶」。

女人說完，逐漸消失在黑暗中。

淴淴心情愉悅的走向墓園。

那個男人應該很快就會在墓園出現，自己一定要親眼看著那個

男人雙眼發亮的吃下「絕交魷魚乾」。

「深夜咖啡店」的那對夫妻完蛋了。呵呵，吃了我的『睡不著

仙貝』竟然還能得到幸福，簡直無法原諒。而且讓他得到幸福的，

竟然是買了錢天堂『睡眠撲滿』的女人。只要用『絕交魷魚乾』拆

散他們，他們的幸福就到此為止了。無論男女雙方，都會變得很不

幸。到時候，那個女人就會後悔自己當初不應該買『睡眠撲滿』。

「呵呵，可惡的紅子，你就眼睜睜看著你的招財貓一隻又一隻

的變成不幸蟲，然後驚慌失措吧。而且你沒有理由怪我，我這次可

沒有綁架招財貓，也沒有破壞你店裡的商品，畢竟我要賣什麼零食

給什麼客人，都是我的自由。」

「呵呵，雖然不知道會花上多少年，但錢天堂所有的招財貓遲

早都會被我消滅。」

澱澱露出極其邪惡的笑容，小聲嘀咕著。

不過，當她抵達墓園的時候，臉上的笑容立刻消失了，因為有兩隻黑色小貓歡天喜地的跑向她。

體和豐腴的臉。

「你們⋯⋯」

「不會吧？」澱澱在墓園內東張西望，終於看到了。

黑暗中，她看到那個女人散發微弱光芒的白髮，還有高大的身

「紅、紅子！」

澱澱大驚失色，一副手足無措的樣子，但是錢天堂的紅子只是靜靜的看著她，嘴角露出了淡淡的笑容。

她們注視著彼此很長一段時間。

紅子默默的從手提袋裡拿出某個東西，這時，澱澱才終於回過神來。

「紅子，你想幹什麼！」

紅子沒有回答，但是她臉上的笑容，讓澱澱覺得脖頸上的汗毛全都豎了起來。

「住、住手！」

「澱澱，再見了。」

紅子在發出尖叫聲的澱澱面前，緩緩撕開了手上的東西。

鈴木雅人，二十八歲的男人。被潑潑盯上，得到了「絕交魷魚乾」，最後用來交換錢天堂的「款待茶」。

番外篇 一刀兩斷的惡緣

幾天後，在某個地方的昏暗店內，有兩個人圍坐在一張桌子旁邊。

其中一個人是「倒霉堂」的澱澱，她大口喝著濃稠的甜酒，一看就知道她心情很差。兩隻黑貓坐在她的肩上，正拿著頂針大小的杯子喝牛奶。

另一個人是髮色和鬍子跟草莓一樣鮮紅的男人，他戴了一頂高

高的禮帽，身上的打扮看起來就像是魔術師。他的名字叫怪童，是一間名叫「天獄園」的詭異遊樂園老闆，之前曾經和澱澱聯手找錢天堂的麻煩。

他小口喝著鮮紅色的草莓汽水，用同情的眼神看著澱澱。

澱澱懊惱的說。

「可惡！竟然被她擺了一道。」

「她在上面寫了名字嗎？」

「我沒想到紅子竟然會吃下我的『絕交魷魚乾』。」

「對啊，寫得清清楚楚。錢天堂的紅子，還有倒霉堂的澱澱，然

後當著我的面撕開，大口吃了下去⋯⋯啊，可惡！現在回想起來還是好氣啊！

「那你接下來有什麼打算？」

「能有什麼打算？」

潵潵露出陰森的眼神。

「她使用了『絕交魷魚乾』，所以我和紅子的緣分已經一刀兩斷。今後無論如何，我都無法再和錢天堂有任何交集了。即使紅子出現在我面前，或是吃了錢天堂零食的客人出現在眼前，我也看不到他們了，當然，他們也看不到我。既然看不到，就沒辦法對他們

做壞事了。」

「這樣啊，還真是『絕交』得十分澈底啊。」

「是啊，在她眼中，這樣一來就等於是消滅我了。可惡，雖然很懊惱，但我真的輸慘了。」

澱澱難得垂頭喪氣，怪童只好拚命安慰她。

「話說回來，總算了斷了這件事，不是也很好嗎？你的心情應該也稍微平靜一點了吧？要不要再開一家點心店呢？」

「是啊……這或許是個好主意。」澱澱點了點頭。

「不然來開一家『新倒霉堂』好了，反正這輩子再也不會見到紅

子，也不會和她有任何交集，那就乾脆忘記她，像之前一樣，隨心所欲的到處散播充滿惡意的點心）。」潑潑說。

「……」

「怎麼了？為什麼露出這麼奇怪的表情？」

「不是啦，我只是在想，你之前對錢天堂那麼執著，現在竟然這麼乾脆的放下了……」

「我先把話說清楚，我並不是因為紅子才放棄。」潑潑露出惡狠狠的眼神，「我不是說了嗎？是『絕交魷魚乾』造成了這樣的結果，並不是我輸給錢天堂或是紅子，我是輸給了自己的零食，所以才決

定要退出。事情就這麼簡單，你懂了嗎？我並沒有輸給紅子！」

澱澱氣勢洶洶的嘴硬不服輸，怪童終於恍然大悟。

「原來是這樣啊，我真是太失禮了。」

「哼！」

「好了好了，你不要露出這樣的表情。啊，對了，既然你打算開一家新的店，那我有一件事想和你討論。」

怪童急忙靠近澱澱。

「關於你的新店鋪，要不要乾脆開在我的遊樂園？你覺得這個提議怎麼樣？讓來遊樂園玩的客人買『倒霉堂』的零食回去當禮品，

我相信一定很吸引人。」

「哼，你還是一樣這麼精明。」

澈澈雖然瞪著怪童，但是立刻露出了笑容。

「好吧，我並不討厭你，而且你也幫過我的忙。」

「太感謝了！那我們來仔細談一談，我已經畫好了設計圖，關於店面的設計，你覺得這樣的設計怎麼樣？」

「我看看⋯⋯嗯，感覺不錯，但我想要這裡更寬敞一點。」

他們在昏暗的店內湊在一起，討論著籌備新店的事宜。

3月20日 下雨

毁毁從冷凍庫逃走了！

不知道她到底是怎麼逃走的，太可怕了喵。

3月31日 陰天

一隻招財貓變成了

不幸蟲喵。

為什麼會這樣？

主人也很傷心喵。

4月23日 晴天

最近主人一直在尋

找殺殺的下落喵，主

人不在的時候，就由

我們守護這家店喵。

5月3日 晴天

主人睡了一整天喵。

她說她肚子痛，一定

是吃了倒霉堂的「絕

交魷魚乾」的關係喵。

神奇柑仔店 11
失控的最強驅蟲香水

作　　者｜廣嶋玲子
插　　圖｜jyajya
譯　　者｜王蘊潔

責任編輯｜楊琇珊
特約編輯｜葉依慈
封面設計｜蕭雅慧
電腦排版｜中原造像股份有限公司
行銷企劃｜陳詩茵、劉盈萱

天下雜誌群創辦人｜殷允芃
董事長兼執行長｜何琦瑜
媒體暨產品事業群
總經理｜游玉雪
副總經理｜林彥傑
總編輯｜林欣靜
行銷總監｜林育菁
主編｜李幼婷
版權主任｜何晨瑋、黃微真

出 版 者｜親子天下股份有限公司
地　　址｜台北市 104 建國北路一段 96 號 4 樓
電　　話｜（02）2509-2800　傳真｜（02）2509-2462
網　　址｜www.parenting.com.tw
讀者服務專線｜（02）2662-0332　週一～週五：09:00~17:30
讀者服務傳真｜（02）2662-6048
客服信箱｜parenting@cw.com.tw
法律顧問｜台英國際商務法律事務所・羅明通律師
製版印刷｜中原造像股份有限公司
總 經 銷｜大和圖書有限公司　電話：（02）8990-2588

出版日期｜2022 年 1 月第一版第一次印行
　　　　　2024 年 1 月第一版第十九次印行
定　　價｜300 元
書　　號｜BKKCJ081P
ISBN｜978-626-305-142-3（平裝）

訂購服務—————————————————
親子天下 Shopping｜shopping.parenting.com.tw
海外・大量訂購｜parenting@cw.com.tw
書香花園｜台北市建國北路二段 6 巷 11 號　電話（02）2506-1635
劃撥帳號｜50331356　親子天下股份有限公司

國家圖書館出版品預行編目資料

神奇柑仔店 11：失控的最強驅蟲香水／廣嶋玲
子 文；jyajya 圖；王蘊潔 譯. -- 第一版. -- 臺北
市：親子天下股份有限公司 2022.01
224 面；17X21 公分. --（樂讀 456 系列；81）
注音版
ISBN 978-626-305-142-3（平裝）

861596　　　　　　　　　　　　110020788

Fushigi Dagashiya Zenitend☒ 11
Text copyright ☒ 2019 by Reiko Hiroshima
Illustrations copyright ☒ 2019 by jyajya
First published in Japan in 2019 by KAISEI-SHA Publishing Co.,
Ltd., Tokyo
Traditional Chinese translation rights arranged with KAISEI-SHA
Publishing Co., Ltd.
through Japan Foreign-Rights Centre/Bardon-Chinese Media
Agency

立即購買 >